铜鼓秘语

紫灵 著

广西人民出版社

图书在版编目（CIP）数据

铜鼓秘语 / 紫灵著. — 南宁：广西人民出版社，2024.9
ISBN 978-7-219-11761-3

Ⅰ.①铜… Ⅱ.①紫… Ⅲ.①长篇小说—中国—当代 Ⅳ.①I247.5

中国国家版本馆 CIP 数据核字（2024）第 090307 号

TONGGU MIYU

铜鼓秘语

紫灵 著

责任编辑　王　霞
责任校对　梁小琪
封面设计　牛广华

出版发行	广西人民出版社
社　　址	广西南宁市桂春路 6 号
邮　　编	530021
印　　刷	广西民族印刷包装集团有限公司
开　　本	880mm×1230mm　1/32
印　　张	6.75
字　　数	170 千字
版　　次	2024 年 9 月　第 1 版
印　　次	2024 年 9 月　第 1 次印刷
书　　号	ISBN 978-7-219-11761-3
定　　价	39.80 元

版权所有　翻印必究

目 录

CONTENTS

第一章　邮轮上的拍卖会 …………………… 1

第二章　青铜双面小鼓 …………………… 10

第三章　谁是黄雀 …………………………… 20

第四章　海底的秘密 ………………………… 29

第五章　临时凑起来的寻宝小分队 ………… 39

第六章　海难 ………………………………… 49

第七章　相互牵绊 …………………………… 59

第八章　独自上路 …………………………… 69

第九章　四十年前的故事 …………………… 80

第十章　小铜鼓上的图腾 …………………… 90

第十一章　羽人社出现了 …………………… 100

第十二章　谁是背后的操纵者 ……………… 110

第十三章　重返思妙村 ………………………… 120

第十四章　祭祀之舞 …………………………… 130

第十五章　古老的传说 ………………………… 140

第十六章　被隐藏的过去 ……………………… 150

第十七章　秘密的转点 ………………………… 160

第十八章　湖底的神殿 ………………………… 170

第十九章　跳舞的小人 ………………………… 180

第二十章　铜鼓在说话 ………………………… 191

尾　声 …………………………………………… 203

番　外 …………………………………………… 206

午夜，豪华的邮轮上充满了喧嚣，十分热闹，却透出无声的孤独与悲凉，失落的铜鼓在等待，等待那个带它回家的人。

第一章 邮轮上的拍卖会

酒，在午夜中流淌。暗夜里的空气混杂着喧嚣，雨水顺着巨大的落地窗滑落，带着绚丽的光消失在无尽的黑暗中。夜色下，映出一枚文在小手指上的六芒星，黑色的图案在白皙的手指上异常醒目。玻璃窗后，站着一个看起来十分年轻的女孩，白嫩的脸上描着厚重的妆，艳如烈焰的红唇微微轻抖，她在压抑着心底的悲伤。女孩一双琥珀色的眸子一动不动地看着漆黑的夜空，如同两颗暗夜里的星星。此时的她眉头轻蹙，眼眶微红，如同瓷娃娃般的脸上还残留着泪痕，显然刚刚哭过。女孩狠狠咬了一下自己那小巧的唇，疼痛似乎让她从迷茫中惊醒，那双琥珀色的眸子瞬间折射出一抹寒光。

身后的音乐又在响起，显得十分热闹，却透着孤独与悲凉。女孩踩着高跟皮鞋，重新进入舞池。午夜，飘荡在海上的夜生活这才正式开始。

这里是海上午夜剧场,豪华在这里变成最平常不过的一个词。换句话来说,能到这艘邮轮上的客人非富即贵。至于这里的老板,从来没有人知道他是谁,但这个人似乎无处不在,无所不能。

女孩从这个鱼龙混杂的地方快步穿过,走到古色古香的吧台前给自己要了杯"冷焰",然后倚在吧台边静静地看着舞池里的喧嚣,仿佛一切都与她无关。偏偏这时,一个穿着白色衬衫的年轻男人摇摇晃晃冲到她面前,一个踉跄把女孩撞到一边,似乎是喝醉了。"对不起,不小心撞到你了!"年轻男人说道。

女孩看着杯里被撞掉了一半的酒,皱了皱眉头,但还是微笑着回了一句:"没关系!"

"我叫裴铭,认识一下?"年轻男人也跟着微笑道,脸上却看不到半分撞到人后的尴尬。

女孩嘴角微翘,笑容里却多了几分警惕,说道:"我叫叶微儿,也可以叫我微儿。"

"好名字!"男子也跟着笑了,他把脸凑到女孩的耳边低声说道:"不过,布的妮这个名字更适合你吧?"

女孩脸色陡变,问道:"你是什么人?"

裴铭却笑了,笑得如同六月的夏花,他笑着,一只手却伸向女孩的腰。女孩立刻感觉到一股来自冷兵器的寒冷划过肌肤。"你想做什么?"女孩的声音不得不软了下来。

裴铭继续笑着,轻轻拉起女孩的手,在她耳边轻语:"阿妮,我想请你喝杯酒,外面的甲板就不错。"

"外面风大,我体弱,怕受不住。"女孩收起笑脸,眼里的寒光渐浓,"还有,阿妮不是你叫的。"

"其实你心里明白,这里的风更大。"裴铭暗暗用力,腰间的冰冷让布的妮不得不跟着他的脚步往外移动。就这样，他们在众人的哄笑与嫉妒中走到了邮轮的甲板上。

斜飞的寒雨夹杂着飞腾而起的海水立刻把这两人裹住，似乎要把他们拖下甲板。不过片刻，布的妮便被冷风吹得瑟瑟发抖。"说吧，你到底是什么人？"看着眼前比自己高一个头的男人，虽然布的妮恨得牙痒痒的，但是也无计可施，尽管他手上的刀已经离开自己的腰，但她也明白自己不是眼前这个人的对手。

"跟你谈合作的人。"裴铭依然慢吞吞地说着，俊逸的脸在廊灯和雨雾中竟然有一种说不出的好看。

布的妮扯着嘴角冷笑道："拿着刀抵住人家，然后谈合作？"

裴铭笑嘻嘻地拿出一把小巧的匕首在布的妮面前晃了晃，说道："这玩意要是有用的话，你就不会出现在这里了。"

布的妮明白，这个时候跟眼前这个叫裴铭的男人绕弯子没有多大用处。他既然能找到这里，把她带出来，就说明自己的老底早就被他查了个七七八八。面对这种人最有效的方法就是坦白。"好吧，你都知道些什么？怎么合作？"布的妮将被风吹乱的头发往后拢了拢，堆起满脸笑容往裴铭的身上靠了靠，试探性地问道。

雨，越下越大！狂风卷起海水疯狂地肆虐着海面上所有的一切，原本稳如泰山的邮轮也跟着摇晃起来。裴铭下意识地拉了拉身上的衣服，想把这个颤抖着的女孩裹住，却发现自己身上除了件衬衫什么也没有了，不得不收起自己的关心。"快说吧，这里太冷了！"布的妮看着漆黑的天幕，头顶上的乌云压得更低了。

"你混上这艘邮轮，就是为了半个小时后的拍卖会吧？今天这场拍卖会将拍出一面青铜双面小鼓，据说这是壮族人的至宝，上面藏着壮族的始祖布洛陀留下的秘密，而你，是思妙村的新任族长。"裴铭没有一点犹豫地说道。

布的妮呆呆地看着眼前的人，自己隐瞒的秘密让眼前这个人就这么毫无顾忌地说了出来。

"你究竟是什么人？"布的妮的心沉到谷底。

"以后会跟你解释的，一会确实是要拍卖那面青铜双面小鼓，但是我无法辨别它是真的还是假的。如果这面青铜双面小鼓被人拍走了，想找到它就更难了。"裴铭转头往船舱里面看去，舞厅里的人已陆续顺着里面的步梯往二楼的拍卖会场走去。

在这艘豪华邮轮上，每个月的1日、15日都会在午夜12点举办一场很特别的拍卖会。拍品来自五湖四海，五花八门，有正儿八经的奇珍异宝，也有见不得光的古董。但是，这里面有不少赝品，你在这里可能会一夜暴富，同样也可能一夜破产。

这里的老板有一个众所周知的爱好——无论哪种奇珍异宝，到了他手上，不出半月定能毫无瑕疵地复制出来。若是有人能当场把复制品指出来，他不但会把真品给你，同时还会给你双倍的钱。能在古董界立足的人对自己的能力总是充满了自信，赢了，就会在古董界一战成名，往后在业内便可顺风顺水。不过这个老板也有一个规矩，若是挑战输了，同样要留下双倍的钱。裴铭和布的妮很快就上了二楼的拍卖会场，宛如一对如胶似漆的情侣。没错，他们临时合作了，至少眼下他们的目的是一样的，他们都想知道青铜双面小鼓的下落，至于会落到谁的手里以后再说，只能说他们都是各有各的小算盘了。

拍卖会还没开始，在这里布的妮又变成了叶微儿，还傍上了一个据说挥金如土的富二代。现场围着一张张小圆桌，摆着百来张椅子，椅子上都坐满了人，有欧洲人，也有东南亚人，当然也有不少中国人。他们的手里几乎都拿着一本精致的宣传册，有人在不停地翻阅，还时不时地和旁边的人聊上一两句。宣传册上面印的就是今晚要拍卖的藏品目录。看到他们进来，服务员很快引他们到一张标号为6号的小圆桌前，桌面上还有两块标号为"6"的竞拍牌子和两本精致的宣传册，宣传册的封面印的竟然就是一面精巧的青铜双面小鼓。

那面青铜双面小鼓仿佛带着古老的岁月穿越而来，其鼓面大于鼓腰，胸部突出，足部较高。鼓面主纹为旋飞鹭鸟，中间是一枚太阳纹。鼓胸部主晕为人物跳舞、划船图像，腰部以羽衣人跳舞图像为装饰。就这么简简单单地勾勒，就让那古代先民的生活跃然纸上。

"小裴爷，要喝点什么？"服务员看他们落座后立刻问道，看来这个裴铭的人缘还挺好的。

"两杯冰柠檬水，谢谢！"裴铭轻声答道。

服务员微微点头，含笑离去，很快就给他们端来两杯冰柠檬水。

"现在怎么办？"布的妮环顾四周问道，这些来自世界各国的人，给了她一股无形的压力。

"把它买下来，这是最直接的方法。"裴铭说道。

"买？你有钱吗？"布的妮翻开宣传册，指着上面青铜双面小鼓的价格说道。

青铜双面小鼓为8号拍品，宣传册上印着从不同角度拍下的高清图片，文字介绍却很简洁，只有短短的两句话：来自中国广西，壮族的始祖布洛陀祭祀时召唤神灵之物。起拍价：10万美元。

裴铭端起水杯浅浅地啜了一口说:"你本来也没打算付钱,不是吗?"

布的妮朝他撇了撇嘴,拿起水杯,喝了一大口,满口的酸涩差点没让她当场吐出来。

"对了,我喝的冰柠檬水是用原汁兑的,不加糖的,忘了告诉服务员另外给你准备了。"裴铭笑道。

"我看你就是故意的!"布的妮瞪了裴铭一眼,朝服务员招手,"给我来杯玛格丽特!"

裴铭却朝服务员挥了挥手,服务员笑着转身离去。"你要做什么?"布的妮心里的怒火终于被眼前这个人点燃了,整整一夜她都被眼前这个莫名其妙冒出来的人牵制着,自己原来的计划全被他打乱了。此刻,眼光要是能杀人,这个裴铭都能死上十回八回了。

"好戏就要开始了,喝点白开水,有助于你凝神聚气!"裴铭笑着伸手在她那娇俏的鼻尖上轻轻地刮了一下,不知怎的这个动作却让布的妮脸红到了耳根。

"一会,你把它买下来!"布的妮看着裴铭一字一顿地说道。

"我没钱!"裴铭倒是拒绝得很干脆。

"你不是有钱的公子哥吗?"布的妮撇撇嘴说道。

"跟你一样,这个身份是假的。"裴铭回答得倒是很直接。

"你……"布的妮眼珠一转,"那你的身份又是什么?"

"好了,好戏准备开始了。"裴铭转向拍卖台笑道。

拍卖师在现场开始对拍卖品进行更详细的介绍,同时在展台上展示的拍卖品都是真品及一比一的复制品。拍卖师对每一件拍卖品进行一轮又一轮地喊价,成功拍下藏品的买家则会在服务员的带领下到台上对真品以及复制品进行鉴别,选中哪个

第一章
邮轮上的拍卖会

就拿走哪个，能不能拿到真品就要看你的眼力了。

还有另一种方式，就是你喜欢这个藏品，却分不出真假，那么就以拍出来的价格再翻一倍购买，也能拿到真品。

"这方法谁想出来的？真假同价！"布的妮看着一件件藏品被拍出去，嘴里轻声说着，心里却是越来越紧张了，"你说，要是有人不顾一切地直接抢怎么办？"

"据说也曾有过这种情况，但这里是公海，最后抢东西的人都被扔到海里喂鱼了。"裴铭说这话的时候声音充满轻蔑。

"你说这里的老板到底是个什么样的人？"布的妮问道。

"这好像不是你来这里的目的吧？"裴铭那双原本充满柔情的眼眸陡然闪过两道寒光，然而布的妮此时却被拍卖师的声音吸引了过去："接下来要拍卖的是8号藏品，青铜双面小鼓，起拍价10万美元。"这声音让布的妮的精神瞬间绷紧。

"10万一次！"随着拍卖师的声音落下，布的妮看到举牌的是一个顶着一头干稻草似的黄头发外国男人，他那双冰蓝色的眸子紧紧地盯着展台上的两个展品，似乎是志在必得。

这时，裴铭将手中的竞价牌举了起来。

"11万一次！"拍卖师的声音立刻响了起来，每举一次牌便是自动加价1万美元。

看到裴铭的动作，布的妮的心不停地狂跳，这家伙总算是出手了。这件东西落在眼前这人手里，总比落在外国男人手里强。"你真要买下来？"她有点不相信他了。

"我不是举牌了吗？"裴铭把玩着手里的竞价牌笑道。

"12万一次！"拍卖师的声音又响了起来。布的妮立刻转头，举牌的果然又是那个黄头发外国男人。她立刻抢过裴铭手中的竞价牌举了起来。

"13万一次!"拍卖师的声音又响了。

裴铭突然看着她,淡淡地说道:"你可别乱来,我说过我没钱的。"

"那你刚才不是举牌了吗?"布的妮立刻瞪大了眼睛问道。

"我只是想看清楚是谁要拍走这件东西。"裴铭的声音依然云淡风轻。

"有你这么看的吗?"布的妮的怒火又燃了起来。

"14万一次!"拍卖师的声音又响起。

"你快举牌啊,要不然真的被那个外国人男拍走了!"

裴铭这一次倒是很听话,懒洋洋地把手中的竞价牌举了起来。

"15万一次!"拍卖师的声音再次响起,布的妮那颗悬着的心终于落下了。

"15万两次!"拍卖师的声音在会场中回荡着,同时也撩动着在场每个人的心。他们都想看看,这么个小玩意到底能拍出多少钱。

"16万一次!"随着每一次的加价,拍卖师的声音也跟着激动起来,举牌的还是那个黄头发外国男人,这两人好像杠上了一样。

"快举牌呀!"布的妮催促道。

"不举了,就玩到这了!"裴铭把竞价牌丢到桌子上,接着说道,"现在该你了。"

"该我什么?"布的妮整个人都给眼前这家伙弄糊涂了。

"你来这里不是为了青铜双面小鼓吗?"裴铭在布的妮的耳边轻声问道。

"众目睽睽之下,我能做什么?"被人说穿心事的布的妮反而变得不在乎了。

8

说话间，拍卖师已喊过牌价："这位来自法国的布朗·特尔先生成功拍下这面青铜双面小鼓。这位先生，按照规矩您是要上前鉴宝还是直接翻价？"

"我不懂中国古董，只是看着喜欢，这件东西如果是真品，我愿出双倍价格。"没想到这位看起来有六十来岁的外国老头，能说一口流利的中文。

"等一下，你偷偷跟着这个外国人，找到真品交易的方式和地点，就算完成任务。"裴铭接着说道。

"你打算……截胡？"直到现在，布的妮终于明白裴铭的真正意图，"但是你为什么又要参与竞拍？"

"我只是想告诉他，对这面青铜双面小鼓感兴趣的不止他一个。接下来看你的了，夜场女王！"裴铭又笑了，笑容里竟然带着一丝邪魅。

布的妮不知道他脑子是怎么想的，一边想着要抢人家的东西，一边又要把自己暴露出去："你最好别骗我，否则就是追到下辈子，我也要把你丢下海里喂鱼。"

"行了，下辈子的事下辈子再说，等下那外国人就没影了。"裴铭看着那外国人消失的方向说道。

布的妮看着外国人的身影已经消失在拍卖台后面，不得不站起来追了过去，然而走了两步，突然又回过头来看向裴铭，问道："你真的叫裴铭？"

"名字只是一个代号，你只要相信我不会害你就行了。"

"我能信你吗？"

"除了相信我，你还有别的办法吗？"

布的妮不再说话，追了出去。看着布的妮离开，裴铭也从大门离开了拍卖现场。

初次交锋，青铜双面小鼓的秘密在对弈中初露端倪。

第二章 青铜双面小鼓

布的妮远远看见，这外国人转到后台，上了趟洗手间又回到拍卖会场，其间并没有跟任何人接触过。然而，当她重新回到拍卖会场时却没看到裴铭的身影，她感觉自己像是被人耍了一般，恨恨地一跺脚。不过，她并没有忘记自己此行的目的，美目轻转，娇笑着向那个外国人走去，她要用自己的办法拿到那面青铜双面小鼓。

那外国人看到有人向他走来，微笑着拍了拍身边一把空椅子，用中文说道："美女，过来喝一杯？"

布的妮也不客气，轻巧地晃到外国人身边坐下，娇声轻笑："你好，我叫叶微儿！"

"布朗·特尔。"外国人将面前一杯血红色的鸡尾酒推到布的妮面前，嘴角微微泛起一抹不易觉察的笑，似乎在盯着一只自动上门的猎物。

"很高兴能在这里认识你。"布的妮似乎看不透这个外国人的心思，继续微笑着说道。眼前这个外国人个子不高，体形偏胖，脸很圆，有点像一个大肉包子。一头黄色的头发像杂草一样盖在圆溜溜的脑袋上，看起来有点滑稽，不过他那双冰蓝色的眼睛就像无底的深渊，仿佛可以随时吞没一切。不知道为什么，布的妮看到这双眼睛心底没来由地打了个寒战，似乎有一股无形的危险正在逼近……

布朗·特尔没有说话，只是微笑地看着布的妮。

"先生看起来对中华文化挺感兴趣的。"布的妮看着他手里的宣传册只能没话找话。

布朗·特尔把宣传册推向布的妮："中华文化博大精深，确实让我很感兴趣，只是……"说到这里，他忽然打住了话头，冰蓝色的眼睛在布的妮身上转了一圈，转移了话题，"小姐对古董也感兴趣？"

"我可不懂什么古董，只是看着东西好看而已。"布的妮拿起面前的酒杯轻轻地啜了一口。

"小姐喜欢的东西还真特别，刚才我看见你跟一位先生在一起，你俩对青铜双面小鼓挺有兴趣的。"说着，布朗·特尔把宣传册打开，转向布的妮，手指在上面轻轻点了几下，打开的画面正好是那面青铜双面小鼓，"你来这里，是为了它吗？"

"你说呢？"布的妮没有回答，而是反问道。

"这面小铜鼓据说是壮族的始祖布洛陀所造。"布朗·特尔也端起酒杯喝了一口，又自顾说了下去，"在布洛陀史诗中，他是一个创世纪的神，你说，这位神，他为什么会打造一面那么小的铜鼓？"

"传说，这面小铜鼓是他为女儿所造。"布的妮轻轻转动着手里的酒杯，这次她倒是接话了。

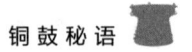

"女儿？莫不是像你这样的人？"布朗·特尔露出一个浅浅的微笑。

"你说我像吗？"布的妮反问道。

布朗·特尔的笑容里突然多了一丝狡黠，说道："神的女儿，找我做什么？说吧！"

布朗·特尔的话让布的妮皱了皱眉，刚出现一个裴铭，现在又来了一个外国人。自己来这里的目的是抓兔子，现在看来自己才是那只兔子。

布的妮的脑子飞快地转动着，脸上却是一副云淡风轻的表情，沉默片刻，她才轻轻地叹着气说道："好吧，看来你们早就盯上我了。不过，在合作之前，能不能告诉我你们是怎么盯上我的？你们的目的又是什么？"

布朗·特尔又笑了，说道："没想到小姐这么直爽，我只是对中华文化感兴趣而已。我没有盯着你，只是刚才竞拍青铜双面小鼓的时候，我发现你非常紧张，这就说明这面青铜双面小鼓对你来说很重要。果然，我只是上了趟洗手间，你就跟来了，这更说明你很迫切地想要得到这面小铜鼓。一个壮家女儿，那么想得到它，这里面会不会藏了什么？这就是我想知道的。"

"你怎么知道我是壮族人？"

"裴铭，你的同伴在洗手间给我递了张纸条，他说你是神的女儿，想知道青铜双面小鼓里的秘密，就必须跟你合作！"布朗·特尔回答得倒是很快。

原来是这家伙出卖了我，布的妮顿时怒火中烧，转头朝左右看了看，依然没看到裴铭，只能强压着怒火说道："想知道有什么秘密，得让我看到真正的青铜双面小鼓，要不然没办法说。"

第二章
青铜双面小鼓

"这是想骗我？"

"骗你？就我这样，你们随时可以把我丢到海里喂鱼，我何必惹事？"

"哈哈哈。"布朗·特尔发出一阵大笑，"小姐还真是直爽。你安心在这船上玩一天，明天我会给你看东西。不过我也警告小姐一句，在这船上，谁是好人，谁是坏人可要看仔细了。"

布的妮没想到这样的话会出自一个外国人口中，也跟着笑了，问道："那你是好人，还是坏人？"

布朗·特尔继续笑道："那要看你站在哪一边了。"

布的妮回到船舱，到自己的卧室拿了一件外套披在身上，又重新走到甲板上。海浪在风雨交加的夜里更显狰狞，脚下这艘邮轮哪怕造得再大，在浩瀚的大海中也不过是沧海一粟，而自己却连一滴水珠都不如。命运如同那看不见、摸不着却能让你无时无刻感受着它存在的风，把自己送进这无尽的黑洞。布的妮就这样静静地靠在船栏杆上，夜灯在她身上投下一抹落寞的光，跌落在地上拖出一道长长的影子。

一年前，她还在十万大山余脉山腹中的思妙村里逍遥自在地生活着。思妙村位于港口区光坡镇中间坪村大万岭，这里环境独特，三面环水，整个山谷被沙滩海岸包围着，唯一一面连着陆地的地方却是一座大山，天然的地理环境形成的屏障守护着生活在这里的人们。

这里的人都是从百色田阳迁移过来的壮族人，是布洛陀的后裔。随着历史的变迁，他们一辈又一辈地在这里繁衍着，至于他们的先辈为什么会迁到这个地方，谁也说不清。他们有着自己的语言和生活习惯。时间长了，这里也成了他们的乐土，他们在这里种药、制药，再由村里的青壮年背到山外换回生活用品。然而，就在去年壮族最盛大的节日"三月三"的祭祀活动上发生了变故。

布的妮还记得，那一天村里的老族长，也就是村里的师公，带领村民到村头的古树前敬香。每到这个时候老族长必定会请出供奉在鼓楼的铜鼓，在古树前敲响。此时老族长就能从鼓声中听出来年村里的气运。可是，当老族长敲起铜鼓时，铜鼓里面却传来"噼噼啪啪"的破音，这声音惊得老族长当场脸色发白，浑身颤抖，急忙将村里所有的人遣散，跪倒在古树前。

那一夜，整个思妙村笼罩在恐惧与不安当中，布的妮与阿妈守在鼓楼里几乎一夜没有合眼。布的妮阿爹在铜鼓声响起后也没见回家，正当她们不知所措时，老族长却哆哆嗦嗦地走了进来，阿爹跟在他身后，肩上扛着那面发出破音的铜鼓。

母女俩不知所措地看着眼前这一幕，连大气也不敢出。布的妮阿妈小心翼翼地扶着老族长坐下，布的妮赶紧给老族长倒上一碗热茶。老族长喝了一口便将茶碗放下，死死盯着阿爹扛回来的铜鼓。

铜鼓被放在鼓楼中间，屋子里的人谁也没有说话。布的妮看到阿爹的眼睛里同样充满了惶恐与不安。

"铜鼓丢了……"等了许久，老族长才颤颤巍巍地讲了一句。

这句话让屋里的人听得莫名其妙，一直供奉在鼓楼里的铜鼓虽然发出了破音，但不是好好地在他们眼前吗？

"铜鼓不是在这里吗？"布的妮阿爹的声音里有些犹豫。

"卜妮（壮语，意为：布的妮阿爹），定音鼓丢了。"老族长叹息着说道。

"定音鼓？"布的妮阿爹问道。

第二章
青铜双面小鼓

老族长指着地上的铜鼓，对着布的妮阿爹继续说道："你把铜鼓翻过来。"

布的妮阿爹把地上的铜鼓翻了过来，布的妮忍不住好奇也凑了过去。只见铜鼓里面錾刻着一道道波浪般的纹饰，鼓壁原本平坦的地方却多了一个圆形的环扣，只有碗口大小。

"看到了吗？这环扣里本来还嵌着一面青铜双面小鼓，那是我们壮族的始祖布洛陀亲手打造并传承下来的。这才是我们一直守护的珍宝，可是它丢了……"说到这里，老族长突然掩面抽泣，朝着铜鼓跪了下来，"我对不起老祖宗啊！"

布的妮阿爹急忙扶起老族长，说道："先别急，丢了把它找回来就是了。"

老族长神色黯然地摇了摇头，用枯瘦的手背抹了把模糊的眼睛。布的妮阿妈见状赶紧把一张毛巾递过去。老族长接过毛巾把脸埋在里面，哽咽着说道："我是罪人啊，这上古神器怎么到我这里就丢了？"

这时，布的妮轻声开口说道："我们不知道它长什么样，就算想找也没办法找呀！"

老族长抬起头看了看布的妮，又转头看了看地上的铜鼓说道："那面小铜鼓的外形、纹饰都和这面大铜鼓一模一样，小铜鼓是仿大铜鼓造的。"

布的妮茫然地看向地上的铜鼓，这时候的她并不明白，这件事将彻底地改变她的命运。

地上的铜鼓造型精巧，面、胸、腰、足、耳五部分浑然一体，鼓身上段为胸，中段是腰，下段是足，腰间有两对鼓耳。鼓面中心铸有十二芒太阳纹，芒外饰以七晕圈，主晕纹饰为衔鱼翔鹭纹，其余纹饰有连续回旋形雷纹。

鼓身铸九晕圈，纹饰有锯齿纹、圆圈纹、羽人划船纹和羽人舞蹈纹。

"那面小铜鼓和大铜鼓唯一不同的地方就是，它是双面的，那是我们壮族的始祖布洛陀传下的圣物。"说完，老族长已是泣不成声，当夜便病倒了。

三天后，老族长失踪了！

发现老族长不见了，村里的人顿时急了起来。村民们在整个村的前前后后找了几遍就是没有发现老族长的身影，正当众人焦急不安时，布的妮阿爹突然想到此前老族长说过，他要向雷神请罪！

"雷神庙！"布的妮阿爹惊呼。此话一出，让在场的人大惊失色。

据说雷神庙在深山之中，那里长年云雾笼罩，有许多毒虫、瘴气、沼泽，哪一样都可以要人命，除偶有赶山人误入那里外，就没有人知道去那里的路怎么走了。因此，这个隐藏在森林里的雷神庙仅仅存在于思妙村的传说里。

"从来没有人知道这个雷神庙在哪，这上哪找去？"在场的一位村民说道。布的妮一听，顿时着急起来。

一直没有说话的布的妮阿妈突然开口说道："老族长的身子骨很虚弱，他就是想去也走不了多远，现在追上去还来得及。"

真可谓是一语惊醒梦中人，一行人匆匆往深山方向赶去。果然，就在进山的路上，一个佝偻的身影在山路上痴痴地看着通往大山深处的方向……

众人奔走过去，那人果然是老族长。只见他那布满皱褶的脸上满是泪痕，尖尖的下巴上飘着几缕胡子，缠头布上插着长长的翎毛，如同伫立山巅的羽人，他手里拄着一根早已磨得光滑圆润的竹杖。

"你们来了，我走不动了……"看到眼前的来人，老族长朝他们轻轻点了点头，他站在这里就像是为了等他们的到来。

"族长爷爷，你把我们吓死了！"布的妮上前嗔道。

"没想到临死前，老天让我犯下了弥天大罪。"老族长轻轻抚过布的妮的头，眼睛看向布的妮阿爹缓缓说道："没有守护好族中的圣物，我哪还有脸面回到村里。你们来了，我倒是还有些未了的事要交代。"

"老族长，有什么事我们回去再说。"布的妮阿爹打断了老族长的话。

老族长摇了摇头，让布的妮阿爹扶着他倚着路口一棵古老的银叶树迎着海风坐下。银叶树生长于海潮线最高处的海滩内缘，或大潮和特大潮才能淹及的海岸、河滩以及海陆过渡带的陆地，是一种海陆两栖植物。路口的这棵银叶树，树干粗壮，在这阴郁的天空下，树的绿荫显得格外浓重，树更显厚重与沧桑，如同一位饱经风霜的老者，屹立在那里。如今，它脚下的老者即将走到生命的尽头……

"我族遭此大劫，让我回去如何面对村子里的人？我自知命已不长，不该把族中秘密带走。阿妮，你过来听爷爷说。"老族长说着向布的妮招了招手。

布的妮往阿爹那里瞄了一眼，看到他点头这才向老族长身边走去。

老族长轻轻抚过布的妮的头，接着说道："我走后，布的妮就是下一任族长。"

然而，这句话却宛如晴天霹雳。虽然布的妮早已习得族中舞技，但毕竟才刚刚成年，要如何承担起这重任？

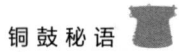

"阿妮还是个孩子,她怎么能承担族中重任?"布的妮阿爹摇头说道。

老族长看着布的妮那清纯的脸,浑浊的眼睛里似乎有了一丝光芒,说道:"你们要相信她,她会找回族中圣物,带领族人找到最开始的秘密。"

"最开始的秘密?"布的妮阿爹皱着眉重复一遍。

老族长喘息着说道:"据说谁能破解铜鼓中的秘密就能得到布洛陀留下的珍宝和力量。可是几百年来没有人能勘破其中的秘密,久而久之就变成了传说。其实,秘密就藏在……青铜双……"老族长的声音越来越弱,布的妮阿爹再想开口,却发现老族长已永远地闭上眼睛……

"族长爷爷……"布的妮的一声悲唤,划破长空,也让这座笼罩在愁云惨雾下的小村庄蒙上了一层阴影。老天爷仿佛也知道这里发生的事,竟然淅淅沥沥地下起雨来。雨,越下越大,大家还是决定先把老族长的遗体带回村里,待老族长入土后再做打算。

等这一切忙完,已经是三天后了。老族长入土后,接下来最重要的事就是找回族中的圣物。按老族长的遗嘱,布的妮成了思妙村的新任族长。当她穿上祭祀的礼袍服,那双灵动的眼睛竟流露出一股莫名的威慑力,抱着天琴的手仿佛握着一股连接天地的灵气,话语间隐隐透出悠悠玄音,茫茫中仿佛有一道空冥的声音在呼唤她,又似乎是那青铜双面小鼓在悲鸣,它在呼唤她……

3月6日,布的妮背着天琴离开村子。据村民们说,在"三月三"祭祀活动的前两天,村子里来过两个收古董的小贩,他们曾经跟村民们打听这里是否有铜鼓出土,还说他们在东兴桥

第二章
青铜双面小鼓

头有一间古董店。

这两个小贩就是偷走圣物的最大嫌疑人。布的妮要去东兴镇,她要找到偷青铜双面小鼓的人。在出发前,阿爹告诉她,到东兴找一个叫徐爷的人,他在东兴镇开了家酒楼叫凤缘楼。徐爷曾到思妙村收过药材,被毒蛇咬了,当时正好是老族长救了他,所以他欠老族长一个人情。

然而此时正值华北事变爆发,外敌因素增加了我国时局的复杂性,由于东兴地理位置特殊,国内外商贾依旧互通,小镇里倒是繁荣异常,甚至有了"小上海"之称。布的妮进了小镇,对旁的事倒是没多大兴趣,按阿爹的指点,布的妮直接找到了徐爷开的凤缘楼。

凤缘楼是东兴首屈一指的酒楼,专为接待往来商贾而设。布的妮冲到凤缘楼门口,张口就要找徐爷。

此时的布的妮看起来就像一个在路边乞讨的小乞丐,从思妙村到东兴镇有100多公里,布的妮为了赶路连着走了几天几夜,身上的衣服早已被她弄得脏兮兮的,头发更是乱得像个鸡窝,脸上脏得能刮下一层泥。

身着笔挺制服的门童看见她冲着门口大喊,直接把她赶走。被挡在大门外的布的妮身上穿的是黑土布衣,上面的饰品全摘了下来,这番打扮也是阿爹的意思,他担心山外的人心思多,想着布的妮这次出山只要找着老族长曾施恩的人,让他帮着把青铜双面小鼓找回来就行了。但是阿爹万万没想到,布的妮这次出山,将会给思妙村带来翻天覆地的变化。

"螳螂捕蝉，黄雀在后"，看似风平浪静的表象背后早已是风起云涌，到底是谁在主导这一切？

第三章 谁是黄雀

被赶出门的布的妮蹲坐在凤缘楼对面的马路牙子上，眼睛不停地在进出凤缘楼的人身上打转，她想着只要徐爷在这里，肯定会从这门进出的。偶尔有人嫌弃地朝她翻白眼，她也不管，就这么呆呆地盯着。门童看到这一幕，急匆匆地跑了出来，他知道徐爷一会就出来了，要是看到有个小乞丐坐在这里盯着来来往往的客人那还了得，说不定马上就会让他拎着包袱滚！

"快走快走！"门童在距离布的妮还有两三步的位置立刻出声驱赶。

布的妮怯怯地站起来移开两步，眼睛依然紧紧地盯着凤缘楼门口进进出出的人，她希望徐爷会在下一刻就出现在她面前。或许所谓的奇迹就是这么发生的，就在门童再次驱赶布的妮的时候，一个体形健硕的男人从门里走出来。此人顶着一头浓密的黑发，身上穿着笔挺的白色西装，脚下的皮鞋擦得锃亮，他身边还站着几个黄头发的外国人。

"您走好！"西装男朝外国人拱手笑道，他们之间好像达成了什么协议，两个人脸上都笑靥如花。看到西装男，门童不再理会布的妮，赶紧上前朝西装男鞠躬道："徐爷好！"

听到门童这一声叫唤，布的妮耳边如同炸开一声响雷，她急忙朝西装男喊道："徐爷爷，我是布的妮，是卜妮让我来找你！"她的声音清脆响亮，带着壮话口音的叫喊声立刻引起西装男的注意，他转头，却发现是个小乞丐在喊他，脸色瞬变，正待发火，此时布的妮又紧接着说了一句："我是从思妙村来的。"

这句话让西装男难看的脸色立刻缓了下来，他顿住身形，转身朝布的妮走去。此时的布的妮衣服虽然脏，但那一双黑溜溜的眼睛依然清澈，如同两汪无底深潭。"老族长还好吗？"西装男终于开口了。然而，就是这一句话让布的妮彻底破防了，她一个箭步扑上去抱住西装男便呜呜地哭了起来，边哭边说道："徐爷爷，我终于找着你了，我们村子里出事了。族长爷爷走了……"似乎就在这一刻，她把连日来所有的担心、惶恐和不安全都哭了出来。

徐爷从口袋里掏出一块小手帕抹去布的妮脸上的泪，轻轻拍着她的背说道："别急，我们先进去再说。"他的声音像是充满了魔力，让布的妮安心了不少。

这一幕让四周路过的人惊呆了，这小乞丐究竟是什么人？竟让一位枭雄如此柔情……这一幕更让那门童目瞪口呆，他知道自己不但错过了一个领功的机会，接下来还可能会面对惩罚。为了将功赎罪，他急忙上前去，小心翼翼地说道："徐爷，我先领小姐去沐浴更衣？"

一身西装的徐爷再次将布的妮从头到尾打量一遍，突然嘴角一扯，露出一口洁白的牙，轻轻一笑道："瞧我，都疏忽了，你把小姐带进去，叫阮娘先侍候着，打理妥当再领到我办公室。"

"是！"门童急忙领命，徐爷让布的妮跟着门童先进了酒楼，自己则快步往另一个方向急匆匆地走了。阮娘带着布的妮去沐浴更衣，这才让她恢复了本来的样貌。

就这样，布的妮留在徐爷身边，徐爷命阮娘请人教给她一身五花八门的功夫，这身功夫除了基本的擒拿格斗，还有夜场里的左右逢源之术，布的妮天生聪慧，很快就把这些本事学得精透。阮娘对布的妮更是疼爱有加，直接把她认作了干女儿。

时光匆匆，一年很快就过去了。布的妮还记得那天清晨，天空下着大雨，种在后院阁楼上的粉色杜鹃花开出了第一朵花，徐爷让一个南洋客给她带了一封信。信里装的是一份来自海上的拍卖手册，她心心念念的青铜双面小鼓赫然在列。然而，当她拿着拍卖手册去到徐爷办公室时，助理阿波告诉她，徐爷已经有一个星期没来了，给她带信的南洋客已去广州……

布的妮茫然地找到阮娘，阮娘却像没事人一样为她打点一切出海的事宜，仿佛这一切早就在她的意料之中。在凤缘楼这一年来，布的妮只知道徐爷很忙，几乎没怎么见到他，阮娘倒像是这家酒楼的老板娘。阮娘和徐爷之间仿佛隔着一层纱，让人猜不透。

在出海的前夜，在凤缘楼的楼顶，阮娘第一次跟布的妮说起青铜双面小鼓。那时候已是午夜，整个东兴镇却像是座不夜城，到处灯火辉煌，商贾川流不息。"你知道繁华下隐藏了多少苦难？"阮娘突然开口问道，阮娘的话让布的妮的脑子一片混乱，她听不懂这话的意思，只能呆呆地看着明艳动人的阮娘抽着烟，烟头在黑夜中闪烁，袅袅轻烟仿佛听懂了人的心思，又好像不明白似的在夜色中卷出一个个旋涡盘旋散去。

阮娘的话似乎也不是说给布的妮听的，她没有解释，而是自顾自地又说了下去："你到凤缘楼的第一天，徐爷就带人去了思妙村见过你阿爹。他查出偷走青铜双面小鼓的是一伙文物贩子，这伙人长期跟海外的文物盗卖团伙勾结，把我国散落在民间的珍贵文物盗卖出境。这一年多来，徐爷查到很多从东兴口岸流失出去的文物大多都跟一个外号叫'岛主'的人有关。岛主通过圈子内的渠道放出消息：将在4月1日那天夜里，在公海的邮轮上对青铜双面小鼓进行拍卖。为了弄清楚是怎么回事，徐爷亲自带人出去追查，没想到却等来了……"阮娘说着从身上拿出另外一封信交给布的妮。

借着玻璃窗透过来的光，布的妮看到信上只有一行字：让阿妮参加拍卖会。

"好了，你想知道的我都说了。后天就是4月1日，我已经在沥尾码头准备好了快艇，你提前上船做好准备。船上鱼龙混杂，自己照顾好自己，怎么拿回青铜双面小鼓要看你自己了。"阮娘说完这番话，把烟头丢在地上，用高跟鞋碾灭，扭着腰回到楼里，临进门又回头说道："出去后，别忘了打听一下徐爷的消息，给我送个信。"

布的妮回过头看着灯火辉煌的凤缘楼，心里渐渐腾起一团迷雾。这一年多来，徐爷和阮娘两人细心地呵护着她，背后似乎隐藏了很多她不知道的秘密，可是眼下不是探究这个的时候。布的妮回到自己房间简单地收拾了一下行李，坐上阮娘给她安排的吉普车出发了。从东兴镇到沥尾渡口还有一段路程，她必须在黎明前赶到渡口上船。

上了车，布的妮静静地倚在车窗前，此时月色如银，流云似水，天地间似乎都沉入一片安宁。布的妮的脸上看似平静，脑子里却如同翻腾的海浪。走出凤缘楼，她就有了一个新的身份：凤缘楼大小姐叶微儿，美丽而狂野。

快艇很快就把她送到那艘漂泊在公海上的邮轮，凤缘楼大小姐的身份让她得到无微不至的照顾。布的妮遣走服务员，放好行李，将自己收拾整齐便走到甲板上。到一个陌生的地方，最重要的是先熟悉环境。一路上她就想好了，既然来到邮轮上的人非富即贵，那么得先给自己找一个挡箭牌——事成之后还可以有个背锅的人，她到甲板上晃了一圈，却没有看中的目标。

夜幕降临，布的妮发现船上的舞厅热闹非凡，便来了主意。她卸下大小姐的装束，换上一套绚丽而又妩媚的舞裙，她要做夜场女王。在凤缘楼耳濡目染的她，在这方面还是有信心的。果然，美艳动人的她很快就成了全场的焦点，可是辛苦了一晚，船上的人只对她欣赏却无人找她搭讪。布的妮哪里会想到，凭她凤缘楼大小姐的身份，在广西沿海一带，谁敢打她主意？到了第二夜，终于招来这个上来就用刀子抵住她的人。

裴铭，你这家伙！布的妮在心底暗暗骂了一句，这家伙就像他当初突然出现一样，又突然消失了。海浪依然在凛冽的狂风下像只愤怒的公牛疯狂地拍打着船舷，雨，似乎也感受到这份癫狂，下得更猛了。这样的狂浪之夜没有人能离开这艘邮轮，所以裴铭必定还在船上，她要找到他，这个把她引出来转头又把她出卖了的家伙。不过转念一想，刚才布朗·特尔说明天就能拿到东西，跟着他，是唯一能得到真正的青铜双面小鼓的办法。

第三章
谁是黄雀

打定主意，布的妮不得不先放下裴铭。至今为止，她对这个外国人一无所知，自己已经当了一回冤大头，再来一次就要比那网中的鱼还冤。不过要在这样一艘邮轮上打听一个人的底细并不容易，更何况这里有很多的非法交易，谁会笨到用真实的身份来蹚这些浑水？踌躇间，布的妮突然听到脚底下的甲板传来"砰"的一声巨响，船身一震，随即开始左右剧烈摇摆，船身开始倾斜，乘客们惊恐地尖叫着，冲向泳圈和救生衣，船舱下的人如同受到烈火焚烧的蚂蚁纷纷涌了出来。随之，桅杆上悬着的喇叭传来船长低沉而又沙哑的声音："'富春号'邮轮触到海上的暗礁，立刻采取自救！"救生艇纷纷坠落海面，乘客们也跟着跳了下去。

布的妮抱着栏杆慌张地向四周张望，在混乱的人群中，她看到布朗·特尔在人群中惊慌失措地游走。布的妮转头朝船下上下起伏的救生艇看了一下，猛地一转身，朝布朗·特尔冲了过去，拽着他快速越过船舷，扯住一根船缆往最近的一艘救生艇跳了下去。这艘救生艇已经有五六个人了，他们一上去，船身立刻晃了起来。布的妮知道就凭这样一艘小艇他们是不可能回到陆地上的，只能待在艇上等待救援。

邮轮上的尖叫声与哭喊声越来越大，狂风暴雨加速了邮轮的下沉，在海水巨大的压力下，邮轮的半边船体逐渐倾斜入水，布的妮在救生艇上还在寻找那个让她咬牙切齿的家伙——裴铭。虽然她恨他，但现在还不是希望他死的时候，他身上有令她困惑的东西。裴铭莫名其妙地出现，然后莫名其妙地消失，之后又把一个外国人推给她，这家伙惹出的这一个烂摊子不能叫她一个人来收拾。

然而，没等她脑袋里乱七八糟的想法消停，海面上齐刷刷地亮起一道道刺眼的光柱,海上救助打捞队连同附近渔民的救援船到了。接下来的营救工作有条不紊地进行着,可是布的妮心里总是隐隐泛着不安,却也说不出一个所以然来。布的妮的眼睛又转向布朗·特尔,突然,她发现布朗·特尔并没有像遇上船难的人一般惊慌失措,而是安静地坐在救生艇上,那双湛蓝的眼睛似乎总是有意无意地往沉船看去,双手交叉着握在一起,两只大拇指不由自主地上下相互搓着。布朗·特尔一定知道发生了什么事,他在拼命地压抑着自己的情绪。

布的妮顺着布朗·特尔的眼睛看了一会,突然跳入海中,并立刻往沉没的邮轮潜去。布的妮这突然的举动,让一直安静地坐着的布朗·特尔猛地站了起来,一把拽住绳子也跟着跳了下去。刚潜到一半的布的妮立刻被布朗·特尔拦腰抱住。布朗·特尔晃了晃绳子,很快他们就被救生艇上的人扯回船上。

"你不要命了?!"布朗·特尔说道,脸上满是愤怒。

布的妮却满不在乎地冲布朗·特尔咧嘴笑了笑,没有说话,这次,她用自己的命对布朗·特尔进行试探,她想验证自己的猜想:除了青铜双面小鼓,自己才是他们的目标。

布朗·特尔恨恨地瞪了她一眼,不再说话,又重新在救生艇上坐好。

谁也不知道,就在布的妮潜下水的那一刻,她看到两个"水鬼"正朝邮轮下游弋,每个"水鬼"的身后还扯着一大包东西缓缓地往海底下的珊瑚礁游去。其中一个"水鬼",她凭着身形也能认出这家伙就是失踪的裴铭!这绝对不是一场正常的海难,说是触礁,倒不如说是被炸的,还有,救援船来得太快了,可以说它们早已提前等在那里。布的妮转头又看着布朗·特尔,这家伙肯定是个知情者,无论如何都不能放过他。

第三章
谁是黄雀

从现在开始,这外国人不只是青铜双面小鼓下落的知情者,还是这起海难的知情者,无论付出多大的代价,她也要为那些莫名受牵连的人讨回公道……

遇险的人们很快就得到了妥善的安置与赔偿,不过让人感到奇怪的是如此大的海难竟无一人死亡,出面办理赔偿事务的竟然是岛主安排的人。他们不仅公开了海难事故,赔偿了所有人的损失,还发表声明,很快就会有新的邮轮代替"富春号"在公海上的所有业务。布的妮看着报纸上刊登的赔偿名单,她发现了一个问题:名单上并没有裴铭这个人的名字。虽然她曾想过这是个假名,可一旦确认,心里竟然有一种莫名的失落,这个人算是彻底在她眼前消失了。

布的妮从窗台前拿起一台小巧的望远镜,撩开窗帘悄悄往对面楼望去。其中一个窗前人影晃动,似乎正在煮咖啡,这个人赫然是布朗·特尔。距离海难已经过去一个星期了,布的妮没有回凤缘楼,而是租了一间小公寓,这当然是为了让布朗·特尔不能离开她的视线。

海难后,布的妮和布朗·特尔约定一个星期后按原来取得的线索去拿回真正的青铜双面小鼓。不过布的妮很好奇,在一个星期内布朗·特尔会在做什么?于是,她在布朗·特尔住所的对面租了一间小公寓,只要坐在窗台,配上一台小小的望远镜,就可以看到布朗·特尔的一举一动。

然而,让布的妮没想到的是,就在她对面的一幢法式建筑的三楼窗后,也有一台望远镜正对着她。举着望远镜的人正是徐爷,他旁边还站着阮娘。

"你就这样把她放出去了?"阮娘问道。

"这不是放对了吗?你说她身上到底隐藏了什么?为了她,

岛主竟然毁了一艘邮轮。"

"岛主的行事谁能猜透？现在我们的目标是盯紧这三人。不管是谁想在这女孩身上得到什么，我们都要拦下来。"

"你都跟了这女孩一年了，她真没跟你说过什么吗？"

"她就说要找回青铜双面小鼓，我再问其他的，好像她真的是什么也不懂。"

"青铜双面小鼓里面到底隐藏了什么？"

"那个陆孟的来历查清楚了吗？"

"他也是在一年前突然冒出来的，在我们的地头上开了一间古董店，专收散落在民间的东西。"

"一年前，是布的妮刚来的时候吧？"

"是的，那女孩刚进凤缘楼找你的时候。"

"哦？有意思，他也在收古董？"

"是的！"

"青铜双面小鼓也是古董吧？"

"当然是！"

"那外国人又是怎么回事？"

"就是他在岛主的邮轮上拍下青铜双面小鼓的。"

"越来越有意思了，这回连外国人也搅进来了。"

"那我们要怎么办？"

"你没听说'螳螂捕蝉，黄雀在后'吗？我们就做那黄雀。"

"是，明白了！"

混乱中的真真假假，想要知道真相，就算它藏匿海底也要把它翻出来。

第四章 海底的秘密

布的妮经过连续几天的观察，发现布朗·特尔除了出去吃饭，就没有离开过房间，也没有任何人来拜访过他。算算时间该正面出击了，她不想再等了。

次日清晨，布的妮换上一套休闲宽松的衣服，化了淡淡的妆容，拎着一个食盒，敲响了布朗·特尔住处的大门。门很快打开了，一张俊逸的脸出现在门后，脸上露出了阳光灿烂的笑容，一口整齐、洁白的牙齿在她眼前晃得比阳光还刺眼。看到这个阳光男人，布的妮恨不得冲上去把他打个稀巴烂，她脑子这么想着，手也是这么动的，她一甩手，就朝那张俊逸的脸揍去。猛地手一酸，立刻软了下来，不过她反应也不慢，就势一矮身，脚下立刻一个飞腿扫了过去。

只听对面的人"哎呀"一声，从她脚上跳过，躲过一劫后立刻连连后退,"喂,疯丫头,我好心给你开门,你还揍我?"阳光男人边退边喊。

"裴铭,你这家伙!出卖我!"布的妮面对眼前的人,一张娇俏的小脸被气得通红,吼完,她接着说道:"对了,你不是裴铭,说,你到底是什么人?"

"我说大小姐,你就是要问话也不能一进门就揍人呐。"裴铭依然冲着布的妮笑嘻嘻说道。

布的妮看着他那副故作无知的模样暗暗骂道:"这一年来阮娘一直在教自己怎么认人、识人,怎么到了这家伙身上都失灵了?"

此时,布朗·特尔正端着一杯咖啡似笑非笑地看着眼前这一幕。布的妮瞪了外国人一眼,气呼呼地说道:"你们是一伙的!"

"哟,小脑袋瓜不笨呀,终于想明白了?"裴铭又在一旁笑道。

"你……"她没想到裴铭的回答会如此直截了当,这回布的妮真的被气得说不出话来了,顺手抓起搁在门边小桌子上的一只陶瓷瓶朝裴铭直接砸去,只听"哐当"一声,陶瓷瓶落地,瞬间碎成一地渣子。

"哎哟,我的姑奶奶,这可是明朝的海雀瓶,这一下就给你砸了!"刚刚还在笑的布朗·特尔立刻放下咖啡,满脸心痛地看着布的妮,"就知道遇上你们没好事!"

"陆孟,你……赔我……海雀瓶!"布朗·特尔冲着"裴铭"喊了起来,紧接着又喊出一串英文,这下布的妮可听不懂了。

"明朝的海雀瓶?"布的妮嘀咕了一句,紧接着那双闪着晶光的眼睛转向"裴铭":"原来你叫陆孟!"

第四章
海底的秘密

"是，这是爹妈起的名字，没法改！"陆孟朝布的妮笑道，"既然来了，想知道什么，问吧！"

布的妮确实是满肚子的问题要问，但是没等她开口，布朗·特尔便朝她吼道："瓶子……还……我！"

"就这？明朝的？"虽然布的妮对古董所知不多，但是对一件物品是不是古董还是能分辨出来的，这得益于她的第六感。按她说的，古董总是能在不经意间透出时间的气息，能分辨出来的人并不多，而布的妮却是其中一个。或许，这也是她能成为思妙村新任族长的原因之一。

"这可是……我……好不容易……买来的。"布朗·特尔又磕磕绊绊地说了句中文，看来这老头还真的气得不轻。

"你……告诉他，这是现代仿品，不是古董。"布的妮指着地上那堆碎片朝陆孟吼道。

"喂，你讲点道理行不行？明明是你摔的，凭什么让我去解释？"陆孟斜倚在墙壁上，脸上的笑意更浓了。

"要我讲道理？是你们不讲理在先吧？你们是一伙的，说吧，你们到底想做什么？"布的妮不再理会地上那堆碎片，开口直奔主题。

"小姐，有件事得澄清一下：第一，我们没有骗你；第二，是你在对面监视我们。我们可没对你做过什么。"陆孟说道。

"裴铭？陆孟？这还不够吗？"布的妮的火气又上来了。

"得，你不是叫叶微儿吗？这事扯平了啊！"陆孟撇了撇嘴说道。

"你不是早就把我的老底都查明了吗？我骗得了你？"布的妮冲着陆孟，学着他的语气说道，明明什么都知道，还要在她面前装无辜。

31

"哎,这事可真不怪我,本来打算是要跟你说的,可是事情出了意外。"陆孟无奈地摊了摊手说道。

"什么叫出了意外?"到现在为止,布的妮的困惑如同一只毛线球,不断地缠着缠着,结果谜团越来越多,线头也越来越多,却搞不清头绪。

看着犹如站在火山之巅即将爆发的布的妮,陆孟终于正色道:"好了,正式介绍下,我叫陆孟,凤缘楼的阮娘在徐爷的授意下找过我,可以说,我们跟你的目标是一致的。"说着,陆孟抬起手指了指还是愁容满面的布朗·特尔:"这外国人,古董……爱好者,很喜欢中华博大精深的传统文化。对我们的探险活动更是可以……全力支持!"陆孟把头转向布朗·特尔:"我说得对吧?"

布朗·特尔朝陆孟翻了个白眼,一字一顿地说道:"我是古董专家。"

"专家?"布的妮看了看地上那堆碎片,对布朗·特尔翻了个白眼。布的妮对陆孟问道:"你们的目标是什么?"

陆孟指了指布的妮带来的食盒,问道:"可不可以边吃边说?"

"好!"三人围着一张小桌子坐下,把食盒里的东西拿了出来,是几样精致的糕点。陆孟又去煮了一壶茶拿过来,这才把整件事情的前因后果跟布的妮细细地说了一遍。

那个时候,布的妮到凤缘楼没多久,一个自称阮娘的人找到了在东兴镇开古董店的陆孟。既然盗贼在思妙村盗走青铜双面小鼓,那么肯定会找地方脱手,只要它在东兴镇古玩市面上出现过,阮娘猜开古董店的陆孟自然会知道,所以就找上他了。然而,他们却想岔了,既然盗贼能把藏得这么隐秘的青铜双面

第四章
海底的秘密

小鼓偷走，就不会是普通的盗贼。等他们反应过来，江湖上早就没了青铜双面小鼓踪迹。

徐爷和陆孟面对这样的结果并不死心，也为自己的粗心大意而懊恼。他们重新回到思妙村，布的妮的阿爹把青铜双面小鼓丢失前后发生的事给他们细细地说了一遍。他们这才明白，偷走青铜双面小鼓的人真正的目的并不是那面铜鼓，而是铜鼓里面隐藏的秘密，可是盗贼不知道解开铜鼓秘密的关键是布的妮。那个时候的布的妮只是一个单纯的孩子，要卷入这错综复杂的江湖，必须先让她学会保护自己。于是，徐爷一边把布的妮交给阮娘教导，让她快速成长，另一边放出消息：布的妮是思妙村的新任族长，只有她能解开青铜双面小鼓隐藏的秘密，现在新任族长在徐爷手上，想要知道青铜双面小鼓隐藏的秘密可以相互合作。这条消息如同一股小旋风很快在地下古玩界传开，一时间，无数关于青铜双面小鼓的消息如同雨后春笋般冒出来，凤缘楼更是成了众矢之的，目标当然是布的妮。这样的结果让徐爷与陆孟好一阵忙碌。纷乱中，他们终于等到了青铜双面小鼓的下落。带来这条信息的人正是布朗·特尔，放出这条信息的却是一直漂泊在海上的岛主，他要公开拍卖这面来自思妙村的青铜双面小鼓。

"岛主拍卖的这面青铜双面小鼓是真的还是假的，你们亲眼见到了？"听到这里，布的妮终于忍不住问道。

陆孟没有直接回答，只见他从身后的桌子上拿起一沓资料放在小桌子上。布朗·特尔从里面抽出两张被裁剪过的图片，其中一张是从拍卖会的宣传册上剪下来、高清版的青铜双面小鼓；另一张是那面大铜鼓，我们姑且叫它母鼓吧。"你要感谢这外国老头，要不是他带过来的照相机，我们都没办法做对比。"

陆孟看了布朗·特尔一眼，又继续说道，"我们把图片按比例放大，现在把小铜鼓图片放到母鼓图片的缺口里面再看一下。"陆孟一边说，一边把小铜鼓图片嵌进母鼓图片的缺口中，然后小心翼翼地对齐，做完这一切，这才把放大镜递给布的妮："你过来看。"

布的妮拿着放大镜，对着这两张重叠的图片仔仔细细地看了一遍，上面的纹路严丝合缝。

"看到没有？母鼓图片是我们从思妙村拍回来的，小铜鼓图片是从宣传册上剪下来的，所以我们判断岛主所拍卖的青铜双面小鼓是真的。"陆孟声音凝重。

布的妮轻轻地点了点头问道："那让我上船又是为什么？"

陆孟拿起面前的茶杯浅浅地啜了一口，这才接着说了下去："我们无法判断岛主把消息放出来的真正意图。"

"所以我成了鱼饵？"布的妮朝陆孟丢了个白眼。

陆孟讪讪地笑了笑说："这是徐爷出的主意。"

"真的？"布的妮又瞪了陆孟一眼。

"是真的！"陆孟没有说话，倒是布朗·特尔不合时宜地补了一句。

布的妮没有继续纠结这个问题，而是转向布朗·特尔问道："那现在青铜双面小鼓在哪里？"

布朗·特尔朝陆孟翻了个白眼，朝窗外指了指说："在海底！"

布的妮脸色一沉，双眸紧紧地盯着陆孟，那个在船底下沉浮的身影在她脑海里飘荡着："炸船的是你？"

"是，也不是！"陆孟的回答有些模棱两可。

布的妮怒火瞬间燃烧，叫道："那是一船人的命！"

第四章
海底的秘密

这一刻，陆孟急得两手在脑袋上直搓。"你……你别发火，听我们说完行不行？炸船的不是我们，是……真是的，真……哎呀，真……不是我们！"陆孟急着说道。

布的妮又把目光转向布朗·特尔，这外国人倒像是没看见一般，自顾自喝起茶来。

"好了，你先别急，听我说！"陆孟抓起桌面的茶杯，喝了一大口，又接着说道，"我们确定青铜双面小鼓准备在'富春号'邮轮上拍卖，就开始想办法冒充当地富商去'要'回来。"

"怎么？你们也打算去偷？"布的妮这回算明白了，原来都冲一个目的去了。

"我没钱，所以就和这外国人在拍卖会上演了这么一出戏，就是想套出青铜双面小鼓在哪。不过，我们清楚拍卖会上的拍卖品是真假混杂的，但按照岛主的习惯，我们判断真品应该在船上，不会在其他地方。"

"于是你就利用我跟这外国人在上面演戏，自己偷偷溜了？"

"喂！我有名字，你别外国人、外国人地叫！"布朗·特尔直接抗议。

陆孟与布的妮同时朝他瞪了一眼，布朗·特尔这才悻悻地独自吃着早餐。陆孟从桌子上抓起一块米糕，一边啃一边又继续说："我溜到船舱，你猜，我在那里遇到谁了？"

"谁呀？不会是徐爷吧？"布的妮的脑子飞快地转着。

"聪明！"陆孟笑着朝她竖起一只大拇指，"差不多，不过不是徐爷，是阮娘。"

"什么？我干妈也在船上！"这下布的妮倒是愣住了。

陆孟肯定地点了点头："我们不但相遇了，还联手了！"

"这又是怎么回事？"布的妮是越听越糊涂了，"你这是跟我

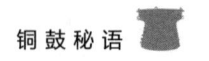

绕圈圈呢？"

"没有！"陆孟赶忙把手里的糕点塞进嘴里，喝了一口茶，把糕点咽了下去，"徐爷是做什么的你知道了吧？"

"废话，他是凤缘楼的老板！"布的妮气呼呼地说道。

"你说得没错，这只是其中之一，他和阮娘还是水客。"陆孟说完，兴奋地补充道："我也是！"

"什么是水客？"布的妮问道。

"水客嘛……"陆孟看着布的妮一脸茫然的样子真的有些无语了，布的妮在这两人身边待了这么久，竟然什么都不知道。不过，他也佩服这两人在布的妮面前竟隐藏得那么好，"我们这里有很多南洋客，他们把在国外赚到的钱和找到的宝贝托人带回来给国内的家人们，同时也帮国内的亲人把他们想送到国外的东西带出去，这些帮他们带东西来来回回的人就是水客。水客多了，就得有个中转的地方，那就是凤缘楼，明白了吗？"

"那么和圣鼓又有什么关系？"布的妮不解地问道。

"本来是没有什么关系，可是有人把国内一批珍贵的文物混进水客的物品当中偷偷带上了邮轮。"

"可是这艘邮轮并不远航，它只是条赌船。"布的妮更困惑了。

这时，一直没有说话的布朗·特尔插嘴说道："这艘邮轮的主人可是岛主。"

看着满脸迷惑的布的妮，陆孟只好接着说了下去："没有几个人敢到'富春号'邮轮上查走私文物，上了这条船可以说找到了一个避风港，等风头过了，他们再神不知鬼不觉地把东西运走。"

"这倒是个好办法。"布的妮叹道。

第四章
海底的秘密

"但他们倒霉,遇上了徐爷。"陆孟也跟着叹道。

"得了,还不知道是谁倒霉呢!"布朗·特尔又插嘴说道。

"后面发生了什么?"这时,布的妮也听出事情不对了。

"徐爷派阮娘追上船了,结果这两伙人打了起来。刚好,我遇上了,就……一起打了呗!这样一来,事情不就闹大了吗?岛主也没想到居然有人在他的地盘上闹事,就下令清查。你也知道,岛主是只讲利益,不分是非黑白,不管哪一方落他手里都不见得好。我们其实只是想拿回那批文物,也不想得罪人,就在双方僵持下,'嘭'船底被炸了一个洞,被炸的地方正好是放置那批文物的位置,真可谓精准爆破。"

"那你跳下去,是为了救人,还是捞东西?"布的妮突然问道。

这回轮到陆孟困惑地看向布朗·特尔。

"她也跳下去了!"布朗·特尔耸了耸肩说道。

"都有,我看到那批文物全部散落在海底了,还有那面青铜双面小鼓——你的圣鼓。"陆孟敲了敲桌面上的宣传册。

"什么!"这才是布的妮听到的令她最震惊的话,"你说……青铜双面小鼓已经沉到海底了?"

陆孟沉默了片刻,还是点了点头。

听到这样的消息,布的妮只觉心里堵得慌,鼻子一酸,眼眶跟着红了起来。自己心心念念的圣物就这样眼睁睁地看着没了。她突然觉得自己就像一个罪人——思妙村的罪人,她辜负了老族长……当她还在胡思乱想的时候,门外响起了敲门声,陆孟前去开门,一道人影闪了进来。

看到来人,布的妮转身冲了过去,叫道:"干妈!"

没错,进来的人正是阮娘,此刻,她一身干净利落的打扮,全然没有了在酒楼里的妖冶。陆孟和布朗·特尔看到她进来并没有感到吃惊,就好像是专门在这等她过来的。

"你们聊好了?"阮娘看着布的妮,话却是问陆孟的。

"聊是聊了,但是她有没有听明白,我就不知道了。"陆孟说道。

"那是不是可以出发了?"阮娘继续问道。

"你们要去哪?"布的妮这个时候才回过神来。

阮娘看了看布的妮,又看了看陆孟,停了片刻叹气说道:"看来,你们没说明白。"

"干妈,这是怎么回事?"布的妮忍不住问道。

"这是给我们送装备来了。"陆孟懒洋洋地说道。

"送装备?"布的妮重复了一遍,困惑地转向陆孟。

陆孟指了指门外,外面还停着一辆遮得严严实实的小货车。

"这东西是外国人的,我不过是帮转运一下而已。还有,岛主已经同意今天晚上送你们出海,至于能不能找到得看你们的运气了。"说完,阮娘转向布的妮轻声说道,"多加小心!"眼神里多了几分担忧与怜悯。

临时凑起来的寻宝小分队，都有着相同的目标，不同的是各怀心思。这之间，是相互合作还是相互利用，谁又能分得清？

第五章　临时凑起来的寻宝小分队

直到这时，布的妮总算把整件事情的前前后后串了起来，现在，她也猜到陆孟他们想干什么了。

"你们打算潜到海底去打捞那面青铜双面小鼓？"布的妮看着眼前的三人。她现在也明白了，车上装的应该就是潜水装备，这就是他们在等的东西。

"你们确定沉入海底的青铜双面小鼓是真品？之前你不是说过船上的拍品是假的吗？"布的妮心里还是有着不少疑问。

"我们跟岛主确认过了，船上的青铜双面小鼓是真的。据岛主说，卖给他铜鼓的人只说那是壮族圣鼓，因在广西到处都散落着很多铜鼓，故刚开始他认为这只小铜鼓价值不大，但后来发现很多人在找，他便起了疑心。"阮娘拍了拍布的妮，拉过一张椅子在小桌子前坐了下来。

布的妮一边给阮娘倒茶，一边问道："既然如此，那岛主为什么还要放到拍卖会上？"

"第一，那个时候我们并没有合作；第二，岛主想看看你是不是真的能分辨真假。结果却冒出了一个外国人，还有我们，都在他意料之外。"阮娘无奈地说道。

"干妈，我们跟岛主不是对立的吗？他为什么要帮我们？"布的妮问道。

"阿妮，你要记住，在这个社会上，人和人的关系很多时候是因为利益而存在的。这一次的打捞，不只是那面小铜鼓，还有那批沉到海底的文物，岛主提出打捞上来的东西他要三七分，他三，我们七，这就是利益当头，所以他肯帮忙。"

"干妈，这你们也答应？"

"要是不答应，大家什么也没有。"陆孟接过了话头，"再说了，能不能平安打捞上来还不好说，不过有一条，我们不去肯定还会有别人去，要是给别人先下手了，你说会有什么后果？"

"你这话又是什么意思？"

"阿妮，惦记这批文物的不止你们三人，因为岛主不想船上的珍宝落在其他人手里，这才把船炸了。所以，今后你们不管做什么都要小心行事。"

布的妮转向布朗·特尔："那他呢？"

布朗·特尔看布的妮转向他，急忙说道："这些事可……跟我没……关系，我……只是搞……研究而已。"

"不是他！"陆孟接着说道，"车上的这些装备还是他搞来的，是目前最先进的潜水设备，也只有这外国人能弄到。"

直到现在，布的妮总算弄明白了整件事，不过，她心里也多了个心思。她打定主意，只要把青铜双面小鼓打捞上来，她就把它带回思妙村，至于其他事她可管不着。有了这样的小目

第五章
临时凑起来的寻宝小分队

标,接下来便是做好出海准备了。阮娘把门外的小货车留给他们就走了。

凤缘楼内,徐爷坐在宽大的红木椅上喝着茶,阮娘依旧站在他身边。

"你就是这么跟他们说的?"徐爷问道。

"是!"阮娘回答道。

"他们会信吗?"

"那丫头目前不会怀疑我。"

"岛主呢?"

"他那边也未见有任何动静。"

"你说是那些古董贵,还是他的'富春号'邮轮贵?"

阮娘没想到徐爷突然间有此一问,竟然答不上了来。徐爷瞟了她一眼:"你不用紧张,虽然那批古董值些钱,但是绝对比不上一艘邮轮。"

"你是说岛主另有打算?"

"静观其变吧!"

"是!"

却说陆孟他们三人收拾妥当,开着小货车沿着一条坑坑洼洼的泥路一路颠簸着上路了。开车的是陆孟,那小货车在他手里简直被玩成了赛车。到了渡口,被颠得七荤八素的布的妮趴在栏杆上吐得黄胆汁都要出来了。布朗·特尔看见布的妮趴在栏杆上,也跟着趴在那里吐起来,看来他也晕得不轻。

陆孟看着这两个被颠得晕头转向的人笑道:"我说你们的体质这么差,怎么潜水啊?"

布朗·特尔依然趴在栏杆上,举起手向后摇了摇说:"别算上我,我可不下水!"

"什么?"陆孟与布的妮异口同声地反问,四只眼睛立刻转向这个外国人。

布朗·特尔终于站起身子,指了指小货车说道:"车上的潜水装备只够两个人用,再说,你们也需要有人在岸上接应,我就在这里等你们。"说着他伸出手朝码头附近一片树林指了指:"还有,陆孟你这家伙,下回不许开这么快的车,懂不?"

布的妮顺着布朗·特尔的手指的方向看去,一幢孤零零的木屋在一片树林间隙里若隐若现。这地方她从来没有到过:"这是哪里?"

"企沙簕山渡口,这里的渔民长年出海捕鱼,在这个地方出海不容易被追踪!"陆孟回答道,"企沙簕山是一座古渔村,村前有数十平方公里的浅海滩涂。村里仍保留有一座建于明朝的李庄古堡,这里的渔民大多也是李庄后人。"

村后就是布朗·特尔所指的那片树林,林内古树参天,千姿百态,蜿蜒盘旋,枝繁叶茂。"这是一片有着几百年历史的车辕树林,它们一直保护着这片渔村。"陆孟又说道。

"你对这还挺熟的。"布的妮看向陆孟。

"经常往来的地方,能不熟吗?"说到这里,陆孟脸上不自觉地露出微笑。日暮下这人竟宛如天人跌落凡间,布的妮的内心深处似乎有什么东西在蠢蠢欲动。

"这是我平时休息的窝。"陆孟看着那幢木屋说道。

"你们倒是想得周全。"布的妮终于从恍惚中回过神来。

"小姑娘,我告诉你,往后不管做什么事都要想周全了才做,要不然,哪一天你自己是怎么死的都不知道。"陆孟偏过头,饶有兴趣地看着这个不知天高地厚的新任族长。不知怎的,一向放荡不羁的他竟然对眼前的人有了保护的冲动。

第五章
临时凑起来的寻宝小分队

"想周全了?"布的妮指了指堆得满满当当的小货车,又指了指停靠在码头上的快船,"还是想想怎么样把车上的东西搬上船吧。不要看着我,我可搬不动。"为了掩饰心中的悸动,布的妮将眼光望向远方。

陆孟转头瞥了布的妮一眼说:"从现在开始,一切都要听我的。"说完便招呼布朗·特尔一起朝树林里那幢木屋走去。

"凭什么!你是我什么人,我用得着你管?"布的妮恨恨地跺了跺脚也跟了过去。

"就凭……"后半句话给陆孟硬生生地吞回肚子,就凭我喜欢你,可是自己是一个江湖浪子,连命都朝夕不保,又凭什么喜欢别人?陆孟犹豫着改了口:"就凭我年龄比你大!"

树林里,燥热被海风一吹而尽,林内鸟雀轻鸣。纯白如雪的沙子白茫茫一片使得沙滩如同雪原。细细软软的沙子轻轻抚摸他们的脚。木屋前一棵笔直的相思树向海而生,茂密的树冠如同一把撑在爱人头上的伞,就这么高高地举着,为伞下的人遮风挡雨。这样一棵树在整片树林里尤显突出。

"这树是你种的?"布的妮喊住正要进屋的陆孟。

陆孟停住脚步,回过头,看到布的妮已蹲在树下将那散落的相思豆一颗一颗地捡在手心里,那耀眼的红色如同一根荆棘在他心里重重地扎了一下。要不是身上背负的命运,若是能跟眼前的女孩一起度过余生,或许将是人生中最幸福的事吧?可是他不能说,也不能这么做。忽地,一只不知名的鸟从树冠里扑棱棱地飞出。

陆孟从裤兜里摸出一把刚刚布的妮给的相思豆呆呆地看了一会,又重新塞进裤兜,头也不回地走进木屋。

这幢木屋的构造还是蛮精致的:在平地上用木柱撑,分上下两层，上层是居室，通风、干燥、防潮；下层是杂物间，用来堆放杂物。房屋中间为堂屋，左右两边还有饶间，供做饭之用。屋顶上炊烟袅袅，酒气飘香，看来正有人在里面忙碌。

"你还喝酒？"布的妮看向陆孟问道。

"我不喝酒，但喜欢蒸酒，有空就弄些分给这里的渔民，他们出海捕鱼容易受寒，酒能御寒。"

"没想到你还挺有爱心的嘛！"布的妮看着他说道。

陆孟朝她微微一笑，没有说话，径直走进木屋。屋里到处摆满各种大大小小的木箱子，外表都被涂成墨绿色。七八个壮实的小伙子正在不停地将堆在地上沾满泥浆的碎瓷片小心地包装好，再放进木箱里。看来，这里正是他们的一个货物转运点。布朗·特尔倒是小心翼翼地在这些碎瓷堆中翻来翻去，时不时拿起一块仔细地看起来。

布的妮进门看到正忙碌的人，吃惊地看向陆孟："这些都是文物？"

陆孟白了她一眼："哪有这么多文物？这是当地渔民捕鱼时候捞上来的，我们统一收购回来，再找人鉴定。有时，也会有一两件文物，不过大多数都是些碎瓷片。这些碎瓷片拼起来也可以当摆件卖，反正不至于亏本。"

"脑子还挺灵活的嘛！"

"还不算太笨吧？"陆孟接着朝那群小伙子喊了一嗓子："大家听好了，晚上有趟活，去准备准备。"

"是，老大！"回应的声音彼此起伏，很快他们就拖起船锚、缆绳之类的船上用品朝码头边停靠的小货车走去。看来他们对这样的事早已轻车熟路了。

"他们都是当地的渔民，有空就到我这帮干点活，挣点外快。"陆孟看着那些小伙子的背影笑道。

这些人一走,屋里就剩下他们三人了。

陆孟看着还在碎瓷堆里翻找的布朗·特尔,说道:"你真不跟我上船?岛主那里的货比我这里的多得多。"

没想到一听到这话,布朗·特尔直接蹦了起来,叫道:"你还敢说!要不是被你骗了,我会跟你一起去惹那老狐狸?你还是自求多福吧。你把船炸了,现在又去找他。"

"我都说了,不是我炸的,你怎么就不信?"陆孟委屈地说道。

"原来我信,但是你看看这是什么?"布朗·特尔说着从碎瓷堆里拽出一块燃烧未尽的墨绿色帆布丢给陆孟,"自己看吧!"

布的妮眼尖,她发现这块燃烧未尽的帆布上有半片展开的羽翼。同时,她也发现那些堆放在地上的木箱子的一角有一只小小的金色羽翼标志。

陆孟接过帆布,脸色越来越沉。沉默片刻后,他突然说道:"外国人,要是哪天我回不来了,带着阿妮离开这里,走得越远越好!"

这无厘头的话听得布的妮莫名其妙:"你在胡说些什么?"

"不会有那天的!"布朗·特尔不再理会他,继续蹲在碎瓷堆里翻找。

"外国人,事情的发展不在我的可控范围内了,这样下去会有危险的。"陆孟的声音有些急切,"我说过,'富春号'邮轮不是我炸的,但是这炸药包却是羽人社的,这说明他们盯上这里了。"这两个人似乎被陆孟这番莫名其妙的话搞迷糊了,愣愣地站在原地没有说话,一时间,似乎所有的一切陷入一片寂静。然而,寂静中却响起一阵孤单的掌声。

"反应还不算慢！"随着掌声出现的是一个头发花白的小老头，面目慈祥，身材不高，胖乎乎地像个圆球，不过他的脸色有些苍白，像是有点过度劳累而显得有些疲惫，但是声音倒也洪亮。此时，他正站在相思树下，眯着眼睛饶有兴趣地看着铺满天的树冠。

红豆生南国，春来发几枝。
愿君多采撷，此物最相思。

"你看，一个唐朝人把相思之情写到了极致，'此物最相思'，这些红豆我很多年没见过了。"小老头笑眯眯地边走边说道，"曾经，我把这红豆串成串，送给我最爱的人，不巧，这红豆竟在她手上发芽了。"

看到小老头的出现，陆孟整个人都僵住了。缓过片刻，他那俊逸的脸上好不容易挤出一个笑容，说道："哎呀，是哪阵风把您老人家吹来了？"

小老头并不买他的账，说道："我再不来，说不定我那一亩三分地都给你弄没了。"

"这人谁呀？"布的妮也跟着紧张起来。

"岛主。又是一个要命的家伙来了！"陆孟无奈地说道。

"他就是岛主？"布小妮看着眼前和蔼可亲的小老头，怎么也不能把他跟传闻里让人闻之色变的岛主联系起来。

"怎么？在嘀咕什么呢？来了也不给口酒喝？"说话间，小老头径直走进屋内。

"我们不是说好了吗？我们去把沉到海底那些东西捞上来，三七分。"陆孟朗声说道。

第五章
临时凑起来的寻宝小分队

小老头自个拖过一只木箱子当凳子坐下，这才慢悠悠说道："我的'富春号'邮轮就值这些破玩意？你可知道那是一艘邮轮是大邮轮啊，心疼死我了。"小老头嘴上说心疼死了，可是脸上却看不出半分心疼的表情。

陆孟也拉过一只木箱子在小老头的面前坐下，说道："岛主，您那船值多少钱，这些年您也赚回来了不是？那些破玩意对您来说也就是拿来玩的。再说您大人有大量，再怎么着也不会欺负我们这些晚辈，对吧？"

"陆孟，躲了我好一阵子，这是学说话去了？这嘴变得够甜了。行了，我过来呢，一是想提醒你这小子，有人要对你下手，这人可不是我。不过，你也不要找我管你这些破烂事。二是……"小老头说到这里停住了，眼睛直往陆孟身后的布的妮看去，依然笑容满面，"保护好她！"

"岛主，这话你就说大了吧？"陆孟没想到小老头会这么说，他拿不准眼前这小老头想做什么，"我都是自身难保了。"

小老头没有理会他，转头往门外的相思树看了看，又回过头看了看陆孟身后的布的妮："别忘了你身上背负的东西，还有，她身上也背负着东西。"

陆孟看着小老头苦笑道："那也得有命在才行！"

这时，小老头又转向门外，看着随风摇摆的相思树幽幽地说道："人啊！能平平静静地和自己最爱的人过好每一天，这才是最幸福的。"接着，小老头又低头看着木箱上的金色羽翼标志，说道："羽人社？哼，历史轮回就是那么回事。"

"你这小老头可真怪！"听到这里，布的妮终于忍不住小声嘀咕。

小老头朝布的妮看了一眼，站起身："走了，你们好自为之吧。对了,我刚刚又想了一下,海底那堆破玩意,你二我八,你得多让我点,毕竟我好不容易来一回。"说着,小老头慢悠悠地走出木屋,走到那相思树下又停住了,眯起双眼朝树冠又看了一会,这才接着慢悠悠地走出车辕树林。

"这老头真是岛主?"这回问话的是布朗·特尔。

"这老狐狸,神出鬼没的,再说没人见过真正的岛主,谁知道哪个是真的,哪个是假的?我听徐爷说过,有一回他也去见过岛主,不过那是个干瘦的老头。还有,见过岛主的人说岛主是个女的。"陆孟摇着头说道,"不管是真是假,他既然现身,就说明这事不会平静,大家小心点就是了。"

说着,陆孟像是想起了什么,突然朝两人吼道:"快跑!"

为了寻找散落在海底的青铜双面小鼓，却遇上意外出现的海上水龙卷，让两个本是冰火两重天的人情愫暗生，这可不是一件好事。

第六章 海 难

布的妮与布朗·特尔虽然不明白为什么，但看到陆孟那动如脱兔的身影，也跟着跑出去，没等他们跑多远，只听身后"轰隆"一声，身后的木屋被炸平了……

"谁干的？这是想要命啊！"布的妮跟在陆孟身后气喘吁吁地跑出树林，喘着粗气问道。

"这是给我们下马威呢。"陆孟也喘着粗气说道。

"羽人社！"布朗·特尔也跟着不停地喘气。

"羽人社？这是什么组织？"布的妮又问道。

"就是保护你们族中的秘密和族长安全的人。"陆孟喘着气说道。

"可是我在族里从来没听说过有羽人社这个组织啊！"布的妮回道。

陆孟无奈地看了她一眼说："不知道才是最好的。"

"这些人是想炸死我们?"布朗·特尔惶恐未定。

"他们不是想炸死我们,而是提醒我们要干活!"陆孟看着身后一片废墟,无奈地撇撇嘴。

"这提醒方式可够特别的。"布朗·特尔跟上来说道。

"还不是因为你。"陆孟朝外国人翻了个白眼。

"为什么?"布的妮不解地问道。

"这是告诉这外国人,你得一起出海。你们想做什么,他们可是一清二楚。"

"这些人在监视我们?"布的妮吃惊地问道。

陆孟却像是看傻瓜一样盯着布的妮,说道:"不叫监视,这是在'保护'我们。"

布的妮也白了陆孟一眼,转过头往那堆还在燃烧的废墟看去:"这种保护的方法还真特别。"

"两位,现在该怎么办?"问话的是布朗·特尔。

"还能怎么办?出海呗,不过你得赔我的滨海休闲山庄。"陆孟一边说着,一边往小货车走去,帮着兄弟们一起把车上的东西卸下来,这次的爆炸他们竟然视而不见,似乎习以为常了。

"山庄?就你那小破屋!这是被炸多少回了?"布朗·特尔絮絮叨叨地骂着,也一路小跑着跟了过去。不过这外国人的不满倒是说出了些有意思的东西。

布的妮饶有兴趣地看着陆孟的背影:你呢?你又是什么人?

夜即将接替白天,湛蓝的海缓缓陷入一片黑暗,天与海终于融合在一起看不见了。在最后一缕光线消失的时候,漆黑中出现星星点点橘黄色的光。"前面就是'富春号'邮轮了。"陆孟的声音有些疲倦,没有几个人能在海上漂泊几个小时后还能保持活力的。当然,除了长期生活在海上的人。

第六章
海 难

"东西还在'富春号'邮轮上?"布的妮好奇地问道。

陆孟看着她那因为晕船变得有些苍白的脸说道:"对,就在现在'富春号'邮轮所在的位置。"

"这岛主的动作好快!"布的妮不由得叹道。

"'富春号'不过是一个名字而已,谁知道老狐狸有多少艘'富春号'?这些船都是用一些由他收购的废旧邮轮改的,因此只能停在原处不能远航,所以这些邮轮停的地方下面一般都有礁石群,要不然他那些船就会被海浪冲走。"陆孟笑道。

听到这里,布的妮忍不住朝陆孟问道:"你怎么会知道那么详细?"

"我还有个外号叫'顺风耳',什么样的消息都逃不过我的耳朵。"陆孟转向还趴在船舷边因为晕船再次晕头转向的布朗·特尔,突然问道:"你那些设备靠谱吧?"

布朗·特尔有气无力地答道:"设备都是一流的!"

陆孟朝他微微一笑说:"我就当是吧!那我要的东西搞来了吧?"

布朗·特尔没有说话,只是点了点头,伸出一根手指朝甲板上一个长条的箱子指了指。

"这是什么东西?"布的妮的视线跟着布朗·特尔的手指落在那个箱子上。

"救命的东西!"陆孟一边说着一边把箱子直接打开了,里面竟然是一只闪着银光的钢爪。

陆孟拿起钢爪套到手上,不大不小,刚好合适,试了一下还挺灵活的:"外国人,技术不错!"

"那当然!"布朗·特尔毫不客气地说道,"我可是找了最好的工匠做的。"

"那是我设计得好!"陆孟嘿嘿笑道。

"不过玉狐狸,现在直接用枪多好?为什么要费神弄这东西?"布朗·特尔接着问道。

"你不明白,挖古董的时候这东西比枪管用。"陆孟一边说着一边把钢爪收起来。

"不是有铲子吗?"布朗·特尔还是不明白。

陆孟指了指深不见底的海水:"到下面,你给我用铲子试试,最好在没淹死前,你就能把东西挖出来。"

布朗·特尔不再理会他的揶揄,独自爬起来收拾东西准备换上邮轮。

"玉狐狸?原来你也有外号!"布的妮看着陆孟那俊逸而又温润的脸,心底的小鹿开始乱跳,脸上似又开始燃烧,看着陆孟的眼睛多了几分羞涩。

陆孟却像没听到似的,轻声说道:"但愿那只老狐狸没有记错地方。"

"沉船的位置就是这里?"布的妮看着海面沉浮的灯光追问了一句。

陆孟点头答道:"上一艘船沉没后,老狐狸又弄了一艘船放在原来的位置上。"

"他为什么总在同一个地方放一艘邮轮?"

"换位置?船容易弄,但是能固定邮轮的礁石群可不好找。"陆孟笑道,"再说了总是在固定的位置上漂着一艘永不沉没的邮轮像不像一艘……"

布的妮脱口而出:"幽灵船!"

陆孟又是嘿嘿一笑,不再说话。

还真是只老狐狸!布的妮暗忖,突然她想起布朗·特尔的话，又看向正在忙碌着的陆孟，忍不住笑了起来，老狐狸、玉狐狸，凑一窝了。

"你笑什么？"陆孟看她的笑容里多了几分娇涩，更显俏丽可爱。

"没什么？"布的妮赶紧收住笑容，也跟着忙碌起来，准备换船了。

在这海天合一的地方，早已分不清哪里是天空，哪里是海洋。站在船舷上，布的妮只觉这个世界就像在轮回。布的妮跟着陆孟把潜水装备换上，把安全绳扣好。在凤缘楼的时候，阮娘也带她练过潜水，不过只是在游泳池里面，这次倒是她第一次真正下海潜水。

看着在船底下翻腾的海浪，湛蓝的海水变得如同一团漆黑的墨。此时，一团团乌云从天边滚滚而来，眼看暴雨将至。陆孟立刻拉着布的妮朝海底深处游去，在这种时候，水越深的地方越平静。

随着水压渐渐增加，她的呼吸也越来越急，惶恐间她感觉到身后有什么东西扯了她一下，回过头却是陆孟。他伸手指了指身前的方向，借着海底的微光，他们眼前出现了一片五彩斑斓的珊瑚世界。

这是布的妮第一次看到活的珊瑚。珊瑚的样子真的是千奇百怪，如同一片生长在海底的植物。有的像树枝一样从礁石上斜斜伸出，有的像一团团银耳贴在礁石上，还有的就像一只只巨大的蘑菇。它们一个接一个连成一大片在海底摇曳生姿。在海底，各种各样的海鱼受到他们的打扰迅速穿过珊瑚，游向海底深处，游向寂静的幽暗。

陆孟朝布的妮打了个手势，让她停止游动，自己却沿着身前的珊瑚礁转了一圈。布的妮的眼睛也跟着陆孟的身影缓缓移动，突然，她看见有块碎布卡在礁石缝隙间随着水流晃动，隐隐间似乎有个金色的图形在光线下若隐若现。布的妮朝碎布游了过去，将它扯了出来，这回看清了，是羽人社的标志。她把碎布递给陆孟，陆孟看过碎布朝她做了个"OK"的手势，他们找对地方了。

古董果然是落在这片礁石之上，只是大多都变成了碎片，这些古董散落在礁石间，分不清是哪个年代的。然而，让布的妮感到意外的是，在这些碎片当中有不少金银珠宝。陆孟朝布的妮又打了个手势，让她把这些金银珠宝捡起来，自己去寻找青铜双面小鼓。虽然这些东西值钱，但是布的妮心心念念的却是族中的圣鼓。她没有理会陆孟，而是继续沿着礁石缝隙寻找。看布的妮在礁石间摸寻，陆孟只好停下，将那些散落的金银珠宝一件件捡起收入自己的背袋中。他明白，如果不把这些东西带上去，估计他们只要浮出水面，迎接他们的将是岛主疯狂的子弹。绝对不做亏本买卖，这是老狐狸的宗旨。

布的妮缓缓地在珊瑚礁中穿行，毕竟在海底寻找一个小物件是有难度的。黑暗中的珊瑚礁让人分不清深浅，布的妮只是凭感觉在一点一点地摸索着，不知不觉间竟朝礁石底下游去。

却说陆孟将那些金银珠宝捡了个七七八八，回过头，却发现布的妮消失在一块礁石后。陆孟无声地叹着气，掉头往布的妮的方向游去。就在这时，只听头顶上的传来"轰隆隆"一阵闷响，闪电一阵接一阵地撕碎了天空，也撕碎了静默的海。紧接着，他看到一根水柱在飞速移动，经过的地方，所有的东西都被吸了进去。"水龙卷"是一种在海面形成的龙卷风，它的上端与雷雨云相接，若在浅水区，其下端直接延伸到海面，一边

第六章
海难

旋转,一边移动。瞬间,海底的鱼群像是逃难般穿过珊瑚礁往海底深处四散逃开。

陆孟看着快速移动的水龙卷心里暗暗叫苦,如果青铜双面小鼓被水龙卷卷走,那麻烦就大了。陆孟在那四处奔逃的鱼群中一边闪躲一边寻找布的妮,此刻她正小心翼翼地往珊瑚礁的缝隙间躲去。陆孟以最快的速度朝布的妮游去,将她挡在胸前,把自己的背当成一块盾牌。还没等布的妮反应过来是怎么回事,四处逃命的鱼群乱七八糟地往陆孟背上撞去,陆孟只觉得胸内闷痛,一口咸腥的血欲冲出喉咙,却又被他硬生生地吞了回去。他知道,这血一旦喷在头罩内就会造成自己窒息而亡。冲击过后,布的妮感觉到陆孟紧紧地抱住自己的双手软软地松了下来,抬起头,却看到陆孟随着水流缓缓地飘了起来。

"陆孟!"布的妮着急地在心底吼叫,这时她才明白,陆孟用自己的身体替她挡住鱼群的袭击,一股撕心裂肺的疼痛瞬间蔓延全身。此刻再也顾不上许多了,布的妮立刻拖着陆孟迅速潜上水面。此时,海面波涛翻滚,暴雨如注,漆黑的天空闪电交错不停,巨大的滚雷震耳欲聋。此刻的布的妮已是筋疲力尽,她再也没有力气往上游了,只能拼着最后的力气扯动了安全绳,给布朗·特尔发出了求救信号。

布朗·特尔顺着安全绳把陆孟和布的妮及时拉了上来,回到邮轮,他们才发现陆孟受伤了……

为了保障邮轮上乘客们的安全,岛主在船上配备了齐全的医疗设施。看着陆孟被送到医务室,布的妮这才缓过气来,给自己换了衣服。没有找回青铜双面小鼓,这一趟下来只能说是前功尽弃了,布的妮的心里虽然有几分失落,但是她现在更担心的是陆孟。

医务室里的医生还在忙碌，不过布朗·特尔从里面传出消息，由于有着潜水服的保护，陆孟的伤势不算太重，休养一段时间就好。大约过了一个小时后，布朗·特尔终于从医务室里面出来了。

"没想到你还是一名医生。"布的妮看着一脸疲惫的布朗·特尔，脸上终于露出了微笑。

布朗·特尔说："是的，我在法国是名外科医生！"

"外科医生是做什么的？"布的妮好奇地问道。

"就是……"布朗·特尔又语塞了，面对这个天真的小姑娘，他真的不知道该怎么把西医的手术讲明白，"就是人的身体受伤时，我可以用针将伤口缝起来。"

"就像缝被子一样？"布的妮接着问道。

"额……这个……也差不多吧！"布朗·特尔终于词穷了，"你们在海底下发生了什么事，陆孟怎么受伤的？"布朗·特尔不得不转换话题。

布的妮把海底下发生的情况原原本本地讲了一遍。听后布朗·特尔不由叹道："没想到会发生水龙卷，你们真幸运！若不是躲在礁石缝里，只怕你们难逃一死。"

"不过，我们没找到圣鼓。"布的妮还是有些失落。

没想到布朗·特尔却不是很在意，说道："没事，等天气好了，我们再下海。"

"要是青铜双面小鼓被海浪冲走，那就找不着了。"布的妮可没有布朗·特尔这般轻松。

"这底下是礁石群，相互间的缝隙很多，一般在这里放东西不会那么容易被冲走。"布朗·特尔轻笑道。

"放东西？"这时的布的妮却听出他的话有问题。

第六章
海 难

布朗·特尔自知失言，连忙转换话题："这次陆孟带了不少金银珠宝上来，岛主很是高兴，已经答应继续跟我们合作。"

说话间，陆孟摇摇晃晃地从医务室里走了出来，身上宽大的病号服被海风吹得猎猎作响。

"你怎么出来了？"布的妮看着他摇摇晃晃地走着，急忙跑过去将他扶稳，"快进船舱休息。"

"我没事！"陆孟的声音有点轻飘飘的，接着又朝布朗·特尔问道："你见过岛主了？"

布朗·特尔点了点头。

"他在船上？"

"刚才在，现在走了！"布朗·特尔指着海面上已经变成小黑点的快艇。

"东西也带走了？"陆孟继续问道。

"带走了！"布朗·特尔的声音透着无奈。

"不留给我们一点？"陆孟继续问道。

这次布朗·特尔没有说话，只是朝他翻了个白眼。

"这老狐狸！"陆孟的嘴角微微朝上一扯，露出一个不算难看也不算好看的笑。

"他说我们要是想要珠宝，可以自己再下去一次。"布朗·特尔无奈地说道。

"切，这你也信？我们给他探明了目标，再下去连古董渣都看不见！"陆孟的表情充满了鄙视。

"你们要聊先回船舱行不？这样子吹下去身体会受不了的。"布的妮扶着陆孟转身进了船舱。

布朗·特尔看着他们离开，却没有跟过去，他独自走到船舷静静地看着翻腾的海面，似乎在等什么。

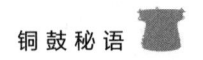

回到船舱，陆孟并没有上床休息，而是倚在玻璃窗边往外看。布的妮顺着他的眼光看去，正是布朗·特尔所站的位置。等布朗·特尔离开，陆孟却拉着布的妮重新来到甲板，走到布朗·特尔刚刚站立的地方，细细地寻找起来。

"你在找什么？"布的妮不解地问道。

陆孟没有说话，只是用手指在船舷上涂抹几下。布的妮这时才看到陆孟涂抹的地方竟然出现了半片展开的羽翼。

"这是……"布的妮的话没出口，却被陆孟挡了回去，"这船上的魑魅魍魉有点多，往后行事小心点，别谁都相信。"

"那你呢？"布的妮抬头问道，心里却对眼前的人有一种天然的信任，仿佛只要在他身边，天塌下来都不用管。

"最好也别信！"陆孟的回答却让她心中下起了雨。

青铜双面小鼓再次现身，身边的每个人似乎都在围着这个秘密在打转，却又似乎都装着不在乎，其中难道另有隐情？

第七章 相互牵绊

不过，这句话倒是他的真心话，他是真的怕会在不经意间就伤到这个看起来外表开放，其实内心却很单纯的女孩。

"那你为什么要帮我？"布的妮继续问道。

"我们是相互利用的关系，你要明白这一点。"陆孟咬着唇说道。

布的妮的心仿佛跌进黑暗，眼眶也跟着红了，沉默片刻才问道："我们要等天气好再次下海吗？"

"为什么要再次下海？刚才我不是跟那外国人说了吗？我们这次下去其实就是给老狐狸定位的，现在位置找到了，他会等我们再次下去？估计现在下面连古董渣都没了。"

"可是圣鼓还在下面啊！"布的妮终于急了。

"你是说那青铜双面小鼓？"此刻陆孟苍的脸上多了几分邪魅的笑容。

"你笑什么?"

"就在你身上!"

布的妮吃惊地看着眼前的人,以为听错了,说道:"可我身上什么也没有啊!"

陆孟将她从头到脚打量一番,突然问道:"你换下的潜水服呢?"

布的妮不知道他要做什么,如实说道:"在房间里,刚换下还没来得及收拾。"

"快去!"这回换到陆孟着急了。

换下的潜水服静静地躺在船舱狭小的空间里,显得有些凌乱。布的妮脸一红,正要蹲下收拾,陆孟却抢先蹲了下来,伸手捡起湿漉漉的潜水服不停地摸索着,片刻后,那紧绷的脸终于放松下来。

"还在!"陆孟长长地舒了口气,从潜水服腰间的地方扯出一只跟潜水服材质几乎一样的小袋子递给布的妮,随即瘫坐在床上。回想起水龙卷刮过那一刻,那面青铜双面就在礁石上旋转,就在它即将飞转出去那一瞬间,陆孟迅速地将它抓住了。可是与此同时,布的妮正往珊瑚礁的缝隙间躲去,逃窜的鱼群也跟着冲进那条缝隙,就在这千钧一发的时刻,陆孟拼尽全力冲了过去,用自己的身体挡在布的妮身前。在鱼群的阵阵撞击后,陆孟只感到体内气血翻涌,他知道自己撑不了多久了,顺手就把青铜双面小鼓塞进布的妮潜水服的配袋里。

布的妮接过小袋子,里面硬邦邦的。她很快把袋子打开,一只碗口大小的青铜双面小鼓出现在她面前。这也是她第一次看到这面圣鼓,上面的图纹果然和母鼓一模一样。

"陆孟,谢谢你!"布的妮朝陆孟深深地鞠了一躬。

第七章
相互牵绊

陆孟朝布的妮伸出手,递了一半又收了回来,问道:"我能看一下吗?"

布的妮一点也没有犹豫,直接把小铜鼓递给陆孟,这也是他第一次看到这面传说中的青铜双面小鼓:"这里面真的藏着布洛陀的秘密?"

听到陆孟的问话,布的妮倒显得有点无奈:"这只是传说,谁也不知道是真是假。但是老族长说这小铜鼓是我们村的圣物,要一代一代地保护好它。这次把它弄丢,我们整个村子都没有平静过,我要把它带回去,这回老族长在地下也可以放心了。"

沉默了片刻后陆孟突然问道:"我能跟你一起回去吗?"

"什么?"布的妮以为自己听错了。

"没什么,我只是想到你们村里看一下。"陆孟说道。

"你还是认为它有秘密?"布的妮不解地问道。

"只是想看看,不行吗?"

"好吧!"布的妮想着回程上有着这么个帅哥跟着真不错,脸上不由得浮出一抹轻笑。

"那就说好了!"陆孟苍白的脸上也浮现出一抹笑容,不过转身后却多了份阴郁。他下意识地往玻璃窗外看去,在这里同样可以看到布朗·特尔留下记号的地方。

这船上谁会来跟布朗·特尔接头?这外国人究竟想干什么?

布的妮顺着陆孟的眼光看去,知道他在看什么:"喂!这外国人不是你的合作伙伴吗?这是怎么回事?"

"我们是利益合作伙伴。"陆孟撇着嘴说。

布的妮拉过陆孟的手,在他掌心上画了半片翅膀的轮廓:"这是什么意思?"

"羽人社的标志,你不是知道了吗?"陆孟把手抽回,反过来拉过布的妮的手在她掌心写了一个字。

布的妮脸色微变，旋即恢复正常，问道："你是说这外国人等的人真的是徐爷他们？"

"只是怀疑而已。"陆孟的话让布的妮不知所措。

"可是这外国人不是刚救了你的命？"布的妮无法相信这一年来对她悉心呵护的徐爷和阮娘此刻竟成了他们的怀疑对象。

"这是我个人的直觉。"

"要说可疑，这个岛主更可疑呢。"布的妮说道。

"阿妮！"陆孟轻声喊道，"不管是对谁，都不能说起我们已经得到青铜双面小鼓了。"

布的妮知道，陆孟这话并非空穴来风，布朗·特尔的举动就说明在这船上除了岛主，还有人对他们虎视眈眈。

巨大的邮轮依然在茫茫大海中飘摇，午夜的狂风暴雨一阵急过一阵。陆孟回到船舱里那狭小的床上半倚着坐下，之前强忍着的疼痛在他放松的那一刻瞬间暴发，只觉眼前一阵眩晕，胸口似乎有什么东西在剧烈搅动，微薄的唇一张，一口鲜血喷了出来，整个人就摔在地上，晕了过去。

还好，刚才布的妮看他脸色苍白，有些不放心就过来看一下，正好看见摔倒在地的陆孟。

"外国人！"布的妮拼命拍打着布朗·特尔房间的门，在这个地方，布朗·特尔是她唯一能求助的人了，现在也管不上他是友是敌，先救人再说。

"怎么了？"布朗·特尔一边穿衣服一边打开门。

"陆孟晕过去了！"布的妮焦急地说道。

"是失血过多，先把他送到医务室。"布朗·特尔喊来两名船员帮忙把陆孟送到医务室，"我们会救他的，至少现在他还不能死!"

直到天色微亮,布朗·特尔才顶着两个黑眼眶从医务室出来:"这里的条件有限,必须马上送他上岸。"

救生艇很快就把陆孟他们三人送到岸上。回到东兴镇,布的妮立刻将陆孟送去医院,然而,医院却给她下了病危通知。这一下,吓得布的妮"哇"地一声哭了起来。倒是她的哭声惊醒了陆孟,看到布的妮在病床前泪流满面,他却笑了:"这是在为我哭吗?"

听到陆孟说话,布的妮一下子呆住了,急忙用手背擦了擦眼泪。

"看你,把自己弄得就像个小花猫一样。"陆孟伸出手轻轻替布的妮把泪痕擦干,"小傻瓜,哭什么?我不是好好的吗?"

"可是,他们说……"布的妮哽咽着说道。

陆孟伸出一根手指轻轻按在她那娇润的唇上:"我没事,不过你要帮我个忙。"

"什么忙?"布的妮急忙问道。

"你去跟徐爷说,让他放出消息,就说陆孟向药王谷求药救命。"陆孟轻声说道。

"这是什么意思?"布的妮迟疑着问道。

"你照着做就是了!"

布的妮不敢耽搁,急忙跑回凤缘楼,把陆孟的话原封不动地跟阮娘说了一遍。

没想到阮娘听完,只是淡淡地说了句"知道了!"就离开了,留下在原地不知如何是好的布的妮。没办法,她只能重新回到医院。让布的妮没想到的是,她回到医院不到半个小时就有人送来一个雕花螺钿盒子,来人说:"药王交代,盒子里面的东西可以救陆孟的命，但是要姑娘拿出身上最珍贵的东西来换。"

布的妮愣住了："我身上最珍贵的东西？"布的妮看着那个雕花螺钿盒子有些犹豫，她身上最珍贵的东西莫过于那面青铜双面小鼓了。想了想，布的妮还是把那面青铜双面小鼓拿了出来交给来人。

这时，倚在床上的陆孟倒是说话了："阿妮，把你的东西收起来。而你，回去告诉药王，盒子里的东西我可以不要，青铜双面小鼓我必须留下。"

来人安安静静地听着陆孟说话，脸上依然没有任何表情，说道："药王也说了，东西你们也可以留下，但是命只有一条，他只救你一次。"

听到这话，陆孟倒是笑了说："替我转告他，谢了，不会再有机会让他送药了。"

"希望如此！"来人放下盒子便走了。

两人的一番对话听得布的妮蒙了，几乎不敢相信自己的耳朵，问道："这样就打发了？"

陆孟朝她无奈地说道："还不把药拿来？你心上人快要没了。"

"哦！"听到陆孟的话，布的妮这才回过神来，急忙打开那个雕花螺钿盒子，一打开便是满屋生香，只见里面有一颗拇指大小的黑色药丸，布的妮道："这是什么东西，好神奇！"

"看够了没？快拿来吧？"陆孟又道。

布的妮急忙把药丸塞进陆孟口中，然后静静地看着他，说道："快吞下去啊！"

陆孟不由得皱起眉头，一张俊逸的脸都给他拧成了苦瓜，"阮娘就这么教你侍候人的？水啊！"

"噢！"布的妮这才反应过来，急忙倒了杯白开水递到陆孟唇边:"人家这不是紧张你嘛!"

陆孟好不容易把药丸咽下:"你真的是我这辈子逃不过的劫数。"

布的妮看陆孟把药丸吃下,没管他说什么,而是担心地问道:"这药真能救你的命?"

陆孟长长地舒了口气,不再说话,躺下便蒙头大睡。

在布的妮的照顾下,陆孟的身体很快得到康复。这期间,布的妮也把海上发生的事详详细细地跟徐爷和阮娘说了一遍,但是隐瞒了青铜双面小鼓的下落,只推说还没找到。唯一让她感到无法理解的是布朗·特尔从一开始就是为了青铜双面小鼓而来,现在圣鼓就在自己的身上,他反而没有了任何行动,难道是真的没有觉察到?

这天,布的妮去探望陆孟的时候又拿出小铜鼓翻来覆去地看起来,可她实在没发现这里面藏着什么秘密。小铜鼓上几乎遍布花纹。

"你说这面小铜鼓也没什么特别的,为什么那外国人会花那么大力气来找它,现在找到了,反而不理了。"布的妮头也不抬,只顾对着小铜鼓说道。

"不是不理,是人家太聪明了。"陆孟的声音从她身后幽幽地响起,没错,他们又回到了陆孟与布朗·特尔之前住的房间了。

"你说说看,怎么聪明了?难道这外国人已经知道了其中的秘密了?"布的妮不解地反问道。

陆孟转到她面前,双手捧起她的小脸,眼里满是怜悯,说道:"我告诉你,你知不知道你现在已经是万人瞩目了?"

"我?我成明星了?"布的妮奋力挣脱这两只手的控制。

"你还明星!现在你就是饿狼面前的一块肥肉,只是现在狼多肉少，他们只顾着打内战，暂时把你放一边晾着。不过，用不了多久，我们的麻烦就来了。"

"既然你都知道，那我们可以先跑啊！"

"跑？为什么要跑？我也想知道那秘密是什么，既然我们不懂，为什么不等这些人过来，或许他们能找出答案呢！"

听到这话布的妮的眼睛都瞪大了，问道："这到底是谁利用谁啊？"

"没有谁利用谁，谁都想得到这秘密最后的答案，但是最终的结果会属于谁，那就难说了。"

这话听得布的妮长长地舒了口气说："这就是干妈说的'螳螂捕蝉，黄雀在后'吧？那你们慢慢玩吧，我可不奉陪了，明天我就想回思妙村。出来那么久了，也不知道村里的人都怎么样了。"

陆孟自顾自地活动着筋骨："明天我跟你一起回去！"

"你身体真的没事了？"

"你看我现在像是有事的样子吗？"

"那盒子里面装的是什么药？还真神奇。医生都说你……"

"活血丸，我只是失血过多，这里的医院没有输血的条件，所以只有它才能把我救回来。"

"不过，你怎么知道药王会把药丸送给你？"布的妮又问道。

"刚才的话你还没有回答我，明天要不要我跟着你一起回去？"陆孟笑问。

"什么？"这话倒是让布的妮瞪大了眼睛，"你凭什么跟我一起回去？"

"我说过，我要保护你！就你这样子，能不能平安走到半路都难说，小傻瓜！"陆孟轻轻地舒了口气，总算是把话题转移了，再给她追问下去，可真的不知道该怎么回答了。

第七章
相互牵绊

"你才是傻瓜,你什么时候说过要保护我了?再说我也不要你保护!就这样带个人回去,回到村里我该怎么说?"布的妮反问道。

"这样吧,我给你想个法子,你就说我是你男人。"陆孟说这话的时候居然是一副理所当然、理直气壮的样子。

布的妮的怒火被他瞬间点燃,抬起脚朝陆孟直接踹了过去。陆孟反应也不慢,身体往后一倾,一个旋转人已经到了门外,嘴里还不停地嚷道:"不得了,原来是个母夜叉,这样会把老公打死的。"

"你还不闭嘴!"布的妮听他这么嚷嚷怒火中烧,立刻追了出去。

正当他们争得不相上下时,耳边传来一阵清脆的掌声:"小两口打打闹闹才是过日子呐。"

两人同时往掌声响起的地方看去。这么会挑事的不是布朗·特尔这外国人还有谁?看他们不再打闹,布朗·特尔接着问道:"你们考虑得怎么样了?什么时候动身?"

"你那边准备得怎么样了?"陆孟没有接他的话而是反问道。

"都妥当了!"布朗·特尔微笑着答道。

布的妮看着他们俩又迷糊了,问道:"你们说什么?"

"你不是要回思妙村吗?这家伙也要去!"陆孟直接回答道。

"这外国人怎么知道我要回思妙村?我这才刚跟你说。"布的妮糊涂了。

"青铜双面小鼓是从思妙村丢的,你是思妙村的新任族长,所以,我们就替你做准备了。"陆孟笑道。

"我跟你们说过要你们一起去了吗?我说的是我自己一个人回去!"布的妮说道。

"我说过,你能不能平安走到半路都难说。"陆孟一边说着

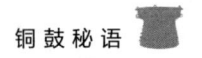

一边朝布朗·特尔甩了甩头。

"很好！你们当中还是有明事理的人。"布朗·特尔又拍手笑道。

"那只老狐狸呢？"陆孟突然问道。

"谁知道，据说那天他上了岸就没有回过海上了。"布朗·特尔说道。

布的妮朝这两个人脆声问道："岛主跟你们是什么关系？"

"别担心，岛主跟这事无关，就是帮我们运些设备，当然，我们是付了钱的。"

"你们还打算继续糊弄？"布的妮心里的疑问不但未消反而更浓了。

"我跟岛主跟他，"陆孟一边说着一边用手指了指布朗·特尔，"彼此间都有了相互的牵绊与制约，说白了就是我手上有他们想要的东西，他手上有我们需要的东西，所以不得不暂时合作。"

布朗·特尔朝布的妮两手一摊，说："就是这么回事，对了，他还少说了一个人，还有徐爷！"

"现在够清楚了吧？你还是回去做一下准备吧，我们明天出发，徐爷那边，我去跟他说。"陆孟直接下了逐客令。

布的妮在凤缘楼看多了尔虞我诈，自以为已了解这繁杂的人际关系，然而在这些人的面前，她才发现，人心比海还要深，在这纷乱的世界，还有谁能相信吗？思来想去，布的妮打定主意，还是像最初想的那样，不管别人如何，自己一定要把圣鼓带回思妙村。布的妮回到凤缘楼，很快就收拾好行装，她怕再生枝节，决定立刻就走。她没有跟徐爷和阮娘道别，而是分别给他们留了书信，然后把小铜鼓绑在腰间，换上一身土布衣服，悄然离去。

独自逃离或许是最好的选择，不承想却成了别人守候的兔子。好吧，你赢了，可我还没输！

第八章 独自上路

出了门，布的妮正好遇上一辆往城外拉盐粮的马车。

赶车的人看起来六十来岁的样子，身材矮小，体形微胖，脸色红润，头发却已全白，一缕白色的胡子随着他说话一摇一摇地动着，这让布的妮的脑海里出现了一个身影——如若不是这头白发，她几乎就把眼前的人当成先前见过的岛主了。她看着那辆马车，灵机一动，走上前去，脆声轻问道："老伯，能带我出城吗？"

小老头问道："小姑娘这是一个人走？"

"是的。"

"小姑娘还挺懂礼貌，上来吧，我这也是顺路，这路上还能有个人陪我说说话。"

布的妮急忙爬上马车，在后面坐好，又问道："老伯这是进城卖药？"

"小姑娘的鼻子挺灵的,这是我上山采的药,拿到城里换点钱买些盐粮。"

布的妮看着老伯心里莫名多了几分亲切:"我家也是种药的……"话一出口,布的妮就发现自己失言了,陆孟曾说过,现在很多人都对她虎视眈眈,哪些是友,哪些是敌,现在还分不清楚,别三两句话就给人掏底。想到这里,她急忙改口说道:"我家亲戚也是种药卖的,有时候也上山采药,我小时候常跟他们在一起,所以我对这些药味还是挺敏感的。"

"哦,原来是这样啊!小姑娘啊,你出城是要往哪去呀?"卖药的小老头又问道。

"要去企沙呢!"

"哦?那路可远着呢,我到不了那里,半路我就到家了。"

"没关系,接下来的路我自己走!"

"坐好了,今晚怕是要赶夜路咯!"卖药的小老头在马屁股上狠狠地抽了一下,原来还是慢悠悠走着的马开始飞奔,绝尘而去……

现在,只能说布的妮盘算打得不错,但是却苦了陆孟。此刻,陆孟与布朗·特尔正坐在距离马车不远的吉普车上,看着布的妮坐在马车上。

"喂,你说这妞的脑子里装的是什么?这样的法子都能想出来,是不是故事听多了?"陆孟握着手里的方向盘,一脸无奈地说道。

布朗·特尔坐在副驾上笑嘻嘻地看着陆孟,说道:"这追老婆的事你自己想办法。"

陆孟白了他一眼:"敢情跟丢了和你没关系啊?"

"没关系啊!这不是还有你嘛?"布朗·特尔继续笑道。

第八章
独自上路

"我现在发现你才是真正的老狐狸！"

"别，我只是个跑腿的，你身后那位才是老狐狸。"布朗·特尔依然笑着说道。

看着马车渐渐走远，陆孟这才开车追了上去，脸上满是急切。

布朗·特尔看着他那样子慢悠悠地说道："中国有句俗语是怎么说的了？关心则乱，我终于知道是什么意思了。"

陆孟白了他一眼："你哪来那么多俗语？"

"哎，陆孟，你是什么时候开始喜欢这妞的？认识你这么久，从来没见你对那个女孩子动心过。"

"在你对我们下黑手的时候！"陆孟没好气地说道。

"喂，饭可以乱吃，话不可以乱说，我承认我是出卖过你们，但我可从来没对你们下黑手。"

"我说你有完没完，我们都被你卖了还帮你数钱来着，现在你的鱼饵要跑了，还不管了是吗？"

布朗·特尔依然看着陆孟笑道："那是你的事，我只做我该做的事。"

"什么是我的事，还有你该做的事，这事不是一起的吗？"

"是一起的，但说好的各有分工！你负责追踪破密，我只负责提供设备，我的设备就在车上，所以我没什么事了。快追吧，你老婆跑远了！"

这两人虽一路斗着嘴，车子却紧紧地跟着那辆马车。直到黄昏，卖药的小老头赶着马车领着布的妮拐进一片泥泞的树林，这回吉普车是彻底进不去了。

陆孟无奈地将吉普车停下，朝布朗·特尔说道："你把车子开到旁边，找个地方等我。我倒是要看看这妞在玩什么名堂。"

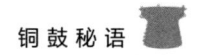

布朗·特尔看着陆孟下了车,无奈地摇了摇头,喃喃自语:"有什么直接说不好吗?绕那么多弯子。"

"就你事多!路上注意点。"

却说布的妮在马车上跟那卖药的小老头聊得正欢,但也注意到有辆吉普车在不紧不慢地跟在他们后面。她很快就猜到了是陆孟跟来了。然而,当卖药的小老头把马车拐进一片泥泞的树林时,布的妮的神经立刻紧绷,这时却瞥见那辆跟着她的吉普车独自朝前开走了。

"陆孟,你这家伙,真的不管我了吗?"看到吉普车离开,布的妮的心一下子慌了。自从海难发生以来,所有的事情都已超出她的认知,她不敢相信陆孟和布朗·特尔,却也无法忽略隐藏在暗处的人。她知道,现在这面青铜双面小鼓不仅仅是一件圣物,它能引起各种势力的贪欲。只要隐藏在青铜双面小鼓的秘密一天不公开,她就会一天都得不到安宁。这段时间接二连三所发生的事情,不管怎么绕来扯去,最终都会回到自己身上。

布的妮也明白,想要弄清楚青铜双面小鼓隐藏的秘密,也只有回到思妙村。更让她感到惶恐不安的是,这隐藏在暗处的人到底是友是敌还是个未知数。前一刻她还想着偷偷地溜回去,悄悄地把所有的秘密破解掉。可是这一刻,当马车拐进树林的时候,她知道自己错了,这卖药的小老头真的只是顺路带上她?

布的妮的眼睛滴溜溜地往树林四周转了一圈,四周却是一片寂静。

"老伯,我们这是要去哪?"布的妮装着一脸天真地问道。

那卖药的小老头咧开嘴笑了:"哎哟,我说女娃子,我们都走了好几十公里了,我这马也得歇歇了。"

第八章
独自上路

"可是，这荒郊野地的也不适合休息呀"布的妮继续说道。

"哎，你说得也对，这地方是不适合休息，但适合等人，对不？"卖药的小老头笑得比她还欢，"我说女娃子，人家开的是吉普车，一脚踩下去，'哧溜'一下就跑老远了，咱们就在这大路上走，能走得掉？"

"你早就知道了？"布的妮吃惊地看着卖药的小老头。

"哪能不知道呢？为了你，我老人家可是在你门外守了几宿，累得哟！"这话竟然说得理所当然一样。

布的妮扭头又往四周看了一圈。

"别找了！这地方别看它只是一片林子，进来了，想找到方向可不容易，你那陆孟哥哥要到这里估计得要会时间。"

"好吧，既然这样，那你总得告诉我，你们是什么人吧？"

"我们？"卖药的小老头侧着脑袋想了会，又往那被惊起小鸟的灌木林看去，"出来吧！人家女娃子早就知道了。"

"好嘞，师傅！"随着一个清脆的声音响起，一个十一二岁的男娃从树丛中跑出来，"都等你们老半天了，怎么现在才来？"

卖药的小老头看到男娃咧开嘴又笑了，这回他的笑容里多了几分慈爱："天冬，怎么就你一个人来？空青呢？"

"师兄说他要去接陆孟，让我先过来！"

此时此刻，布的妮也明白自己目前的处境了，无奈地叹了口气说道："好了，反正我已经落入你们手里了，说吧，你们想要什么？不过在这之前总得让我知道你们是什么人吧？"

"不急，再等等！"卖药的小老头微微笑道。

片刻后，只听东南面的灌木丛中传来一阵"窸窸窣窣"的声音，有人踩着厚实的落叶朝这边走过来了。果然没多久，两道人影就出现在他们面前。

男娃一看到他们出现立刻跑了过去，还边跑边喊"师兄！"

布的妮的眼睛也跟着男娃的身影看过去，其中一人正是陆孟。只见他两只手背在身后，走在前面，腰身倒是挺得笔直，脸上满是笑容，倒像是误入丛林后自由赏玩起来。另一人跟他身高差不多，头上缠着黑色的缠头，身上穿的是壮族特有的黑色对襟衫，衣摆、袖口和领口都绣有蟒龙纹，这是壮族特有的纹饰，身后还背着一个竹背篓，里面装满各种草药，这人的年纪看起来跟陆孟差不多，但皮肤略显黝黑，肌肉结实，显然长年在山上奔走。这人不用说，肯定是男娃口中的师兄空青了。

空青看到卖药的小老头也叫了一声"师傅"。

卖药的小老头看到这两人，脸上都笑开了花："好，都到齐了，现在可以回去了。"

"要带我们去哪？"陆孟与布的妮异口同声喊道。不过，虽然他们是同时喊的，但是布的妮的声音充满了谨慎，陆孟更多的是不情愿。

男娃笑嘻嘻地说道："当然是带你们回家啊！"

卖药的小老头说道："走了这老半天，天都要黑了，难不成你们还打算在这树林里过夜。哦，对了，还要给你们介绍一下。"他指着那皮肤黝黑的男子继续说道："这是我大徒弟章空青。"又转向男娃说道："这是小徒弟章天冬，他们是兄弟俩，一起到我门下来了。"

"走喽！"章天冬小跑着在前面领路。

"那老人家您是？"布的妮含笑问道，事到如今，就是再笨的人也能猜到这小老头不简单。

卖药的小老头笑而不答，把马车交给章天冬牵着，然后跟在马车后面慢悠悠地往前走。

这时，陆孟倒是开口说话了："外面还有一个，那就一起带过来了呗！"

卖药的小老头回过头看着陆孟，脸上依然笑得一片灿烂："哎哟，差点忘了还有个黄头发的外国人在外面呢。空青啊，你还得跑一趟把他也接过来。"

"是！"章空青应了一声快步走出树林。

看着章空青离开的背影，陆孟又继续道："有意思，现在可以把我放了吧？反正我也不会跑。"布的妮瞥了他一眼，这才发现陆孟的两只手被人反绑着，难怪他会这么乖。

没想到卖药的小老头只是瞟了他一眼，倒是不笑了，反而满脸嫌弃地说："就这么着吧！"说完便继续往树林深处走去。

布的妮看到卖药的小老头满脸灿烂的笑容，脑子里却飞速闪过一道人影，再想确认，卖药的小老头已经转过脸正好对上她，"你是岛主？"还没等卖药的小老头开口，布的妮的话便脱口而出。

"什么岛主？"卖药的小老头的笑容换成了困惑，但眼睛却看向陆孟，陆孟装作没看见，只是慢悠悠地跟在马车后往前走着。

"学过医吗？"卖药的小老头突然向布的妮问道。

"我们村也是种草药的，我小的时候老族长爷爷教过我一些，也常跟他到山上采药。"布的妮笑道。

"你是思妙村的吧？"卖药的小老头又问道。

"嗯，是的！你怎么知道？"

"这片地方依山傍海，当地人要么出海捕鱼，要么就沿着海港做些边贸生意，只有思妙村是种药、制药、卖药的。"

"没想到老伯你对这里的情况还是蛮了解的。"布的妮又笑

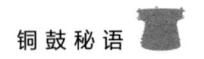

了，不知不觉间，她总觉得这卖药的小老头身上透出几分亲切，就好像是很久很久以前就认识的人一样。

"老族长爷爷说，以前村里出了个制药很厉害的人，附近的村民们都把他叫作药王。传说，药王医术高超，能让白骨生肉，让人起死回生。前不久，药王还送药救了前面那个家伙的命呢！"布的妮指着陆孟说道。

卖药的小老头笑道："这药王真那么厉害？"

布的妮重重地点了点头："当时医院里的医生都说他救不活了，结果药王送了一颗药丸过来，就把他救活了。"

"哦？这么说这药王确实是挺厉害的。"卖药的小老头脸上略含笑意地看向陆孟。

此时，陆孟却不耐烦地朝卖药的小老头撇了撇嘴。

"我还听说药王离开思妙村，是因为在东兴镇沥尾渔村游学的时候，遇上一个京族疍家天女。这天女不但长得漂亮，还精通海药。他俩的结合因为跨越种族而为各自的族人所不容，于是他俩找了一片偏僻的山谷隐世而居。由于两人医术精妙，结合在一起后医术更是得到升华，久而久之，他俩住的地方被称为'药王谷'。传闻这药王还有个儿子，虽然长得俊逸，但是却是个浪荡子，可惜了！"布的妮说完这段逸闻，不由得替药王有这样一个儿子感到叹惜。

这时陆孟突然回头，一脸的苦涩："你从哪里听来这些乱七八糟的事？"

那卖药的小老头倒是笑得满脸阳光灿烂："传说大多都是编的，信不得。"

这回轮到布的妮不开心了："我倒是觉得他俩很勇敢，敢爱敢恨！"

第八章
独自上路

陆孟无奈地叹了口气继续说道："传说毕竟是传说，传说中能看到药王的人很少，若是真遇上了，倒是我们的福气了。"

卖药的小老头也跟着笑道："谁说不是呢！"

此时，跑在前面的章天冬回过头来喊道："走快点啦，快到了。"

陆孟抬头往四周的天空看了一圈，心道：药王谷，我回来了！眼睛又转向布的妮，心想：你身上的秘密究竟是什么？

跟着章天冬穿过一片茂密的松树林，眼前竟是一片云雾缭绕的山谷。谷内奇花异草竞相绽放，空气中弥漫着似有似无的龙脑香，一道蜿蜒盘旋的河流泛着碧绿的光沿着山谷潺潺而流，两岸开满了各色杜鹃花，粉的、白的、红的、紫的，各色花朵在这绿水青山之间争奇斗艳，偶尔飘落的花顺着水流绕过山谷，然后消失在一处河湾之后。山谷内有一幢三层木楼，依山而建，木楼底下是九根巨大的圆柱，将木楼高高撑起。一道石梯沿阶而上，长年累积的青苔瘢痕在石阶上勾勒出时间的年岁。屋檐，一头悬挂着一只铜铃，随风"叮叮当当"地响着，声音清幽而又缠绵，仿佛带着悠长的岁月而来；另一头悬挂着一排焦黄的腊肉，因而弥漫着中草药味的空气中又多了几分腊肉的香味与生活的气息。听着潺潺水流，木楼、石阶仿佛是住在了云里、雾里、天上……

布的妮的眼睛都要看不过来了："这是什么地方？"

这时，倒是一直不吭声的陆孟闷闷地说了一句："药王谷！"

"药王谷？"布的妮喃喃重复了一遍，布的妮看向陆孟，眼里多了几分困惑，"你是怎么知道的？"布的妮心里隐隐有种感觉，陆孟对这里很熟悉，可是那卖药的小老头为什么要把他绑住？卖药的小老头！想到这里，布的妮猛然醒悟：药王？这卖药的小老头就是药王！想到这里布的妮的眼睛都瞪大了，她怎么也想不到这个笑容可掬的小老头竟会是传说中的药王。布的妮缓缓转向陆孟："你跟药王是什么关系？"

"能有什么关系？"陆孟转过身向她摆了摆还被反绑的双手。

"药王为什么要救你，又抓你？"布的妮又问道。

"谁知道？"陆孟嘴里说着，却朝正往阁楼走的卖药的小老头翻了个白眼，"都到这里了，可以把我放了吧！"

卖药的小老头没有理会他，径直进了楼："还站在那里做什么？不懂带客人上楼？"

陆孟转向布的妮，一脸无奈地说道："走吧！"

楼内，火塘里正在烧着火，一只黑黝黝的鼎罐在柴火中泛出肉饭的香。火塘，即在室内地上挖出小坑用于烧火，在小坑四周搭建三脚架。

肉饭是山里人特有的饭食。一旁的墙上还挂着一个上了年头的大葫芦，布的妮知道，里面装的肯定是酒。在思妙村里，几乎所有上了年纪的老人都有一只这样的酒葫芦。

进了木楼，陆孟幽幽地说道："都到这里了，还用得着绑着吗？放心，这会你们就是给我跑，我也不跑。"

跟在他身后的章天冬一边将背上的药篓放到门廊外，一边说道："就这根绳子能将你绑住？"

陆孟回过头冲着章天冬咧嘴笑道："说的好像也有道理。"随之只见他的手在身后抖了几下，那绳子便脱落下来。陆孟转了转手腕："这样子绑着也挺累的，现在能说说把我们弄来是为什么了吗？总不会只是为了吃饭喝酒吧？"

卖药的小老头冲着陆孟瞪了一眼："你说为什么？谷主要来了！"

第八章
独自上路

"谷主?"陆孟眉心微微拧在一起,喃喃地重复一遍没有再说什么。

"谷主?难道你不是药王?"布的妮心里的疑虑脱口而出。

陆孟默默地看了她一眼,什么也没说,但脸上却写满了不耐烦。

"俗话说,既来之,则安之,既然你们已经到这了,就随便坐吧,等谷主回来,就可以吃饭了。"卖药的小老头依然笑嘻嘻地说道。

到了这里,陆孟出奇地听话,围着火塘边席地而坐,还顺手往火塘里丢了根柴火:"老头,你那大徒弟出去挺久了,那个外国人不会是有什么事吧?"

"放心,要是出事了,他会放信号的。"卖药的小老头笑眯眯地说道。

> 故事是一种传承，有时候你要的答案就在故事里面。

第九章 四十年前的故事

就在这时，门外走进来两个人，其中一个是见过面的章空青，另一个是身材瘦小的老妇人。雪白的头发在她的脑后挽成一个发髻，她身上穿着一套白色京族服饰。

看到老妇人的出现，陆孟快速地站起来，说道："见过谷主！"

陆孟这一喊反倒把这老妇人吓了一跳，她稳定了心神往那卖药的小老头看去，却见他脸上依然笑眯眯的，一只手却悄悄向布的妮指了指。

也亏这老妇人反应快，当即笑吟吟地看向布的妮，问道："这一路上辛苦了吧？"

布的妮听见问话也赶紧站起来，学着陆孟的模样脆生生地喊了一声："见过谷主！"

"好个乖巧的人儿，难怪药王欢喜。"老妇人笑道。

第九章
四十年前的故事

药王？布的妮心下又犯起嘀咕：难道眼前的老妇人不是药王？她既然是这药王谷的谷主，理应是药王才对啊？突而转念一想，在心底暗暗叫苦，自己一向聪明伶俐，怎么在这件事上犯了糊涂？当即转身面向卖药的小老头双膝跪地恭恭敬敬地磕了三个头："思妙村新任族长见过药王！"

在壮家人眼里，药王是与师公齐名的人，几乎是神一般的存在。但是在二十年前，思妙村的药王一夜间失踪，没有人知道他的去向。然而，在八年前，坊间流传药王出现在一个神秘的山谷里，并娶妻生子了，他们在谷里种药、制药，还外出治病救人。但是人们找药王治病救人的方式甚是奇怪，都是靠送纸条或是传话到药王谷讲述病情。没多久，药王便派人送出药丸或是传出救治的方法，但却没有人真正见过药王。

布的妮这一跪，吓得药王急忙偏过一边赶紧把她拉起来。布的妮是思妙村新任族长，于身份而言，他受不起这一拜，因此急忙躲开。

"药王，既然把客人请来了，就让大家坐下吃饭吧，一边吃饭一边聊。"老妇人说道。

没等众人坐下，陆孟却朝章空青问道："我那黄头发的朋友呢？"

章空青朝陆孟微微颔首，然后朝药王作揖道："师傅，我追出去的时候没有看到那辆吉普车，就沿车辙印跟了过去，却在出村的地方发现很多杂乱车辙，想来必是有人故意为之。我不敢发信号，怕惊动埋伏的人，便悄悄转回。"

"好！"药王依然笑眯眯看向陆孟，"你说接下来要怎么办？"

"还能怎么办？我饿了！"陆孟说道。

老妇人看着陆孟笑着说："看我都疏忽了。"她嘴里说着，自己却并不坐下,而是对章空青说道:"下面厨房里还有灌好的血肠,你去拿来!"

"好!"章空青应了一声便要下楼,这时章天冬也站了起来说:"我也去!"说完便快步跑下楼。没一会,章空青、章天冬两兄弟一前一后走了进来,除了血肠,章空青手上还拎着一只腊鸡。

章空青拿着这些东西到一旁的墙角砍切成小块再拿过来放进鼎罐。老妇人一边拿着勺子在鼎罐里搅拌,一边说道:"一会就好了,这山里很少有客人来,也没准备什么吃的东西,委屈你们了。"

药王让章天冬拿来两只竹筒当作杯子,一只给了陆孟,另一只放在自己面前。然后把墙上的酒葫芦拿了下来,往杯子里倒上酒,说道:"好久没喝酒了,今天得尽兴!"

"今天有幸喝到药王的酒还真是有福了。"陆孟把酒直接倒进嘴里,一口喝干了。

"我说小子,你当这是水呢?这酒来得可不容易。"药王一边说着,一边把自己杯中的酒一饮而尽。

这一幕看得一旁的老妇人直摇头。

"喂,你真不管那个外国人了?"布的妮朝陆孟悄声问道。

"他死不了,我们很快就会遇上了。"

"为什么?"

陆孟似乎是不想回答这个问题,他拿起酒葫芦把两人的杯子倒满酒,举起杯子,转移了话题,说:"我还要感谢药王的救命之恩!"

药王却不领情,说道:"你少折腾,就是给我最大的恩情了。"

第九章
四十年前的故事

布的妮听着两人的对话，不知怎的觉得有些怪异，可是自己却不好发问，只好端着碗默默地吃着东西，这一路下来，她确实也是饿了。

"说吧，我在外面的时候，你都干了些什么？"陆孟突然问道。

这问话的方式让布的妮愣住了，这陆孟怎么敢对药王这样说话？

更让她没想到的是，药王竟然对陆孟毫无脾气，只是端起杯子喝了一大口酒，又往布的妮这边看了一眼这才开口说道："事情还得从一年前开始说起，那时候我收到消息，说凤缘楼来了一个小姑娘，还被徐爷养起来了。当时我也没觉得有什么不妥，可是这小姑娘进了凤缘楼没多久，东兴却是暗流涌动，大大小小的暗探到处打听要找两个古董贩子，长什么样不知道，就知道他们去过思妙村。哎，这就不得了了，思妙村啊，我就好奇了，那小姑娘是什么人？她的出现竟让整个古董市场都动起来了。于是我就出来看看，嘿，结果发现了更有意思的事。这小姑娘身边每天都有好几拨人在盯着她的一举一动，其中有一拨是你的吧？自从这小姑娘到了凤缘楼，你就悄悄地跟在她身边，替她挡了不少好色之徒吧？"说到这里药王却自顾自地笑了起来。

听到这里，布的妮的脸莫名地一阵发热，乌溜溜的眼睛转向陆孟，眼里满是疑惑。陆孟却像是装着没看见一样，拿起装满酒的杯子浅浅地啜了一口，掩饰自己的尴尬。

药王看着这一幕，微微一笑，又接着说："想要弄清楚这些事，我只好天天到凤缘楼前卖草药了，还别说，那里的生意还真是好！"

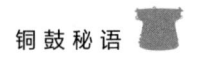

"你是在监视这几拨人吧?"陆孟淡淡地问道。

"那是当然的,我好奇的是这些人怎么会知道新任族长身上的秘密,他们想要做什么。新任族长身边既然有你的人在保护着,我就没必要再出现了。"药王接着说道,"当时还有一个问题,那两个古董贩子怎么那么清楚思妙村的圣物藏在哪?这问题当然很容易想明白是不是?"老头的眼神转向陆孟。

陆孟拿起杯子,浅浅啜了一下说:"当年,是老族长把徐爷救下来的。"

药王点了点头。

"老族长说漏嘴了?"陆孟困惑地问道。

"或许是,或许不是。或许是老族长对徐爷另外有什么交代,现在都不得而知了。但是,事情的发展绝对超出了老族长所想,也超出徐爷的预想。"药王继续说道,"那两个古董贩子按照徐爷告诉他们的方法找到了思妙村的青铜双面小鼓,但是他们没有把青铜双面小鼓交给徐爷,而是自己去找买主,想着把青铜双面小鼓卖了,拿一笔钱逃到国外去。但我在想,丢失的青铜双面小鼓必须找回。俗话说,重赏之下必有勇夫。"

"所以,你在黑市上开了高价收购青铜双面小鼓。"陆孟说道。

药王点了点头说:"嘿,你别说,还真有人把青铜双面小鼓拿出来了。可是交易的时候却出了意外,在这之前他们找到了一个古董痴,还是一个外国人。"

"布朗·特尔?"布的妮惊道。

"对,就是他!这个外国人不知道从哪里打听到这青铜双面小鼓里还藏着布洛陀留下的埋宝藏的线索,就起坏心了。"

"但是,青铜双面小鼓怎么会出现在海上的拍卖会上?"布

第九章
四十年前的故事

的妮听得有点糊涂。

"当时我并不知道他们之前找过那个外国人，凑巧的是在他们出手之前，我把青铜双面小鼓截住了。可是我想知道有多少人知道这件事，关于青铜双面小鼓的秘密已经泄漏了多少。"

"所以，你放出拍卖青铜双面小鼓的消息？"布的妮再次惊讶道。

药王没有说话，只是点了点头。

陆孟转头看了布的妮一眼："还算不笨。"

"后面的事，你们都知道了。我在凤缘楼前卖药，看到这丫头要走，就顺势帮了一把。"说到这里，药王又笑了，"我料想的要是没错的话，这个外国人知道，他们哪怕是拥有再多的先进设备，也没办法破解青铜双面小鼓隐藏的秘密。所以他找陆孟合作，而你们想得到答案，当然不会拒绝。至于最后的结果会是什么，谁知道呢？所以要合作，剩下的问题就是怎么合作了。"

直到这时，布的妮这才明白，原来所有的一切都在别人的算计之下，自己还天真地以为自己真的了不起。

"现在我们要怎么做？"陆孟的表情渐渐凝重。

"现如今在黑市中青铜双面小鼓已经是人人想抢夺的宝物了，就凭你们两个想保住它，可能吗？单单一个外国人，你们都对付不了，虽然他的身手没有你们的好，但是现在是什么时候了？他手中有枪，身后有专业的团队，他现在唯一不知道的是如何破解青铜双面小鼓上的秘密，才跟你们这般周旋。现在，我们还不清楚的是这外国人到底是站在哪一边，但不管他站在哪一边，绝对不会是跟我们在一起的。"

"就是丢了性命，我也会保护圣物周全。"陆孟一字一顿说道。

"你，就是那傻瓜教出来的？人要变通。变通！懂不懂？'树挪死，人挪活'，你懂不懂？还以为你出去几年学会人情世故了，没想到更死板了！"没想到陆孟的一句话就把药王惹毛了，直接开骂起来。

这时的布的妮没有说话，只是呆呆地看着眼前的两个人。

"说吧，羽人社是怎么回事？"药王突又转移了话题。

"还能说什么？他们出来看到了城里的灯红酒绿，有些人心就散了。"陆孟说道。

"都投到徐爷手下了？"药王又问道。

"叛徒也就那么几个，别把所有的人都牵扯进来。"陆孟说道。

"不过，我们还有件事，今天新任族长在这里，有些事该讲了！"药王朝正在默默吃饭的老妇人看了一眼这才说道。

"你们要说什么？"布的妮奇怪地问道。

药王的神色变得凝重起来，他拿起酒葫芦将自己的杯子倒满酒，略停片刻，这才缓缓地讲起来。

而此刻，陆孟看着药王的眼神里却是充满了担忧……

"那一年，药王还不是药王，只是一个二十来岁的小伙子。白天，他跟着当时还不是族长的老族长上山采药，晚上读医书。老族长跟他说，千年以来，人之所以可以生生不息，那是因为有了医学的存在。学医既可救人也可害人，从医之人必有仁心。他学得很刻苦，发誓一定要学有所成，要救天下人。在学医上他很有天赋，没过几年，他的医术已超出老族长许多。有一天，老族长跟他说，医药虽然有很多门类，但万物归宗，只为救人。很久以前，我们壮族的始祖布洛陀就传下一卷珍贵的医药典籍，

第九章
四十年前的故事

可惜至今也没人找到。从那以后，寻找这卷珍贵的医药典籍成了他魂牵梦萦的事。不过，虽然他有这个念头，但是没有老族长的允许，他从未想过要离开思妙村。直到有一天，老族长从山里带回一个药材商人，这个药商在山上被毒蛇咬了，是老族长把他救了回来。"

"这个药商就是徐爷？"布的妮吃惊地问道。

药王点了点头说："就是徐爷，他跟我一起住在药庐里，每天都给我讲很多山外的事。讲在海上也有个奇人，深知海药。当时我不知道海药是什么，但讲到医药，就让我控制不住了。没多久，徐爷就离开了思妙村，而我也整天想着出山，心里也放不下那卷医药典籍的事。我想起了村里的传说：布洛陀将一份藏宝图藏在祭祀用的大铜鼓里面，就想着先把它拿出来，悄悄地抄录一遍再放回去。于是，我找了个机会去鼓楼找那份藏宝图。可是藏宝图没找着，却发现大铜鼓里面镶嵌着一面青铜双面小鼓。我想这面青铜双面小鼓里面是不是会有布洛陀留下的线索？那个时候也没有时间察看，于是就把它带走了。"

"青铜双面小鼓是你拿的？"布的妮脱口而出。

陆孟拉了拉她，说道："先听完！"

药王轻轻叹了口气，拿起杯子喝了一口酒继续说："在药理方面，我一点就通，但对破解谜题却没有一点办法。我整天对着这面青铜双面小鼓很是费解，不知其所以然。然而，纸总是包不住火，老族长发现青铜双面小鼓丢了，我怕查到自己身上。于是，就把青铜双面小鼓上的花纹临摹了一番，便把青铜双面小鼓放回大铜鼓里。老族长发现青铜双面小鼓又回来了，装着什么事也没发生，日子就这么一天一天地过去了。直到有一天，老族长找到我说，山里的物资匮乏，需要有个人到山外为村里的生活物资打点一下。就这样,我离开了思妙村。我在外面一边做着药材生意,一边打听关于海药的事,在一次机缘巧合之下,我遇到了居住在海上的疍家唱哈女,也就是京族中精通秘术的医女。我们结合后,就找到这片山谷,在这里我们将京族医药与壮族医药融合,只希望治病救人。本以为此生就这样过了,可是没想到却因时局动荡,国内许多珍贵文物通过公海流失到海外。我一合计,就趁治病救人的时机,劝服'富春号'邮轮的船主,也就是人称'岛主'的章家耀将通过海面运到境外的文物在海上截下,收藏好,等时局稳定再送回来。不过,章家耀也给我提了条件,就是收章家兄弟俩为徒。其实,青铜双面小鼓真的丢了的事,也是岛主通知我的。关于我跟思妙村的关系,这些年来岛主多多少少也知道一些,为了寻回青铜双面小鼓,我在中间却查出更多的是非,不得已,只好以这种方式将新任族长请来。"

陆孟的嘴角一扯,又出现那种似笑非笑的招牌式表情:"不得不说这请客的方式很特别!"

药王却像是没听到似的,脸上堆满了笑容说:"哎哟,你们看,说了这么多了,都饿了吧?快吃快吃!"

陆孟夹起一块腊鸡肉随口问道:"这腊鸡肉不会下了药吧?"

这时,一直没有说话的章空青对着陆孟笑道:"对付你这样的人,下毒不是小儿科了?"

陆孟讪讪地笑了笑,把腊鸡肉放进嘴里,不得不说这腊鸡肉真好吃,香酥脆甜,又有淡淡的药味缓缓逸出,令人心聚神凝,"还真不错!"说着,陆孟伸手又夹了一大块。

章空青笑着又看了陆孟一眼,没有说话,只顾低头吃饭。倒是那老妇人捧着饭碗,眼睛时不时往陆孟和布的妮身上看去,

第九章
四十年前的故事

偶尔又看一下章空青，眼里多了几分喜欢又有几分忧虑。陆孟装着没看见似的只顾吃喝，还时不时夹块腊鸡肉放进布的妮碗里，他发现只要自己对布的妮有点动作，章空青的笑脸就少一分。

陆孟喝完杯子里最后一口酒，笑道："好了，饭也饱了，酒也足了，故事也听完了，现在该说说要我们来做什么了吧？"

此时，药王也将杯子里的酒一饮而尽，说道："现在青铜双面小鼓就在新任族长身上吧？想请你拿出来，我们一起看看，能否找到线索。"

布的妮看着药王，问道："你刚才说青铜双面小鼓隐藏的秘密是壮族的医药典籍？"

药王点了点头说："据说除了壮族的医药典籍，还藏有生命轮回的秘密。"

"长生不老药？"陆孟惊道。

药王摇了摇头，抬起头往门外看去。门外月朗星稀，山风缓缓吹过，空气中弥漫着淡淡的花香，夜色下，宁静的山谷成了人间天堂。药王缓缓说道："不！虽然我们壮族人随着山河大地，日月星辰而生，也会回归于大地山河，但是我们的灵魂却随着日月星辰转生为人。传说我们壮族的始祖布洛陀掌握了灵魂转生的秘密，找到它，我们就能在下辈子找回自己的前世爱人。破译铜鼓密码，就能找到灵魂转生的秘密。"

图腾，是古人的信仰，是自然的保护神，而小铜鼓上的图腾又是什么意思？仅仅是信仰吗？

第十章 小铜鼓上的图腾

"你们相信这个传说吗？"陆孟问道。

药王摇头说："传说只是传说，几千年来没有人能找到灵魂转生的秘密。但是，医药能延长人的寿命，能强健身体，还能操纵人的悲伤与快乐，我认为这才是灵魂转生的秘密。但不管青铜双面小鼓里面藏的是什么，不打开看看，谁也不能肯定里面藏的是什么，对不对？"

布的妮看着药王说道："青铜双面小鼓只是一面普通的小铜鼓，看不出有什么特别的啊！"说话间，她的眼睛不由自主地转向陆孟，看见陆孟含笑微微点头，她那扑通乱跳的心似乎放下了不少。这时，布的妮才发现自己不知道从什么时候开始竟然依赖上眼前这个家伙了。

布的妮从腰间摸出那面小铜鼓递给药王，药王接过后朝老妇人说道："你去内屋把图纸拿出来。"

第十章
小铜鼓上的图腾

老妇人点头离去,没多久,她就拿着一叠发黄的图纸出来,交给药王。

药王将图纸和小铜鼓又一起递给布的妮,说道:"这是当年我照着小铜鼓上的花纹临摹下来的图案,这几十年来,我对这上面的图案百思不得其解。"

陆孟和布的妮拿起小铜鼓和图纸一一对看,这也是他们第一次有机会认真研究这面小铜鼓。有了图纸,小铜鼓上的图案看起来更清晰了。

"你们好好看看,看能不能找出些端倪来?"药王又说道。

图纸上清晰地描绘了壮族铜鼓常见的图案,还生动地描绘了壮族的十二图腾——蛙、水牛、鹭鸟、鹅、图额、虎、马鹿、大象、金鸡、羊、狗、猴,一个个栩栩如生。可是在布的妮的记忆中,鼓楼里的大铜鼓上面并没有十二图腾,老族长曾说过,小铜鼓是仿大铜鼓造的。但是大铜鼓为什么会缺了一组图案?

布的妮放下手中的图纸,急忙拿起小铜鼓细细地看起来,终于在鼓面的边缘看到如同米粒般大小的十二图腾,也就是说,大铜鼓上的图案并不和小铜鼓上的一模一样,鼓楼里的大铜鼓藏有属于它自己的秘密。

看到布的妮渐渐凝重的表情,陆孟问道:"你看出什么来了?"

"我看过大铜鼓,上面没有十二图腾,可是老族长说过,小铜鼓是仿大铜鼓造的,它们是一模一样的。"布的妮喃喃道。

"说明线索跟十二图腾有关?"陆孟说道。

"可是这图腾只要是壮族人聚居的地方都会有,我们上哪找去?"一直没有说话的章空青瓮声瓮气地接了一句。

"或许我们真的要回思妙村了!"

药王点头说道:"说得没错,看来想得到真正的线索还是得回到思妙村的鼓楼去,母子相连,母子鼓本来就是在一起的,你们怎么没想到它们是彼此相映的?"

"这一路上不会平静了。"章空青接过了话头。

"本来就没有平静过。"陆孟苦笑道。

"那些人会不会对村子里的人动手?"想到这里,布的妮的心立刻狂跳起来,怯生生地说道:"药王,我想立刻回去,我怕我阿爹阿妈他们……"

药王点头说道:"好,你们先回去吧,路上再研究铜鼓的问题,不过我有个请求,你们把空青带上吧,路上彼此也有个照应。"

陆孟看了看药王夫妇,又转头看了看章空青:"只要空青愿意。"

"我也该出去历练了,还请陆大哥多指点!"章空青终于咧开嘴角笑了。

入夜的山谷清冷,药王夫妇跟他们约好第二天就送他们出山,安排好住处,几个人便离开火塘各自休息去了。

深夜,布的妮躺在床上却怎么也睡不着,近段时间发生的事太过于离奇,莫名其妙冒出的药王一家真的是从思妙村出来的吗?从小到大,她从未听到有人提起过他们。但是,如若不是,他们手上的图案是从哪来的?还有徐爷,自己明明在他身边一年多了,从未见他对自己有什么企图,真的就像陆孟他们说的那样吗?还有羽人社。特别是陆孟,他与她之间就像是隔着一层纱,始终看不透。布的妮感到自己被一张无形的网困住,却无法挣脱。

这一刻,布的妮十分迫切地想回到思妙村,现在唯一能相

第十章
小铜鼓上的图腾

信的人只有自己了。想到这里，她伸手摸了摸还藏在腰间的青铜双面小鼓，悄悄爬了起来，打开窗户，她打算连夜逃跑。布的妮小心翼翼地从窗爬了出去，跨过平台跳到阶梯上，轻手轻脚地下了楼梯，却看到一点红光在黑暗中明明灭灭。

一个修长的身影斜倚在墙角上，那点红光就是从他手上发出的，看到这放荡不羁身影，布的妮不用猜都知道这人是谁了。"要不要一起逃？"陆孟将手里的香烟丢到地上，用脚踩碎。

布的妮径直走到他面前问道："你怎么在这？"

"吃饭时看到你神情恍惚，坐立不安，我就知道有问题。"

"有吗？"布的妮觉得吃饭的时候自己表现得还挺自然的，至于逃跑也是临时起意，这家伙怎么会知道？

"不对！你在监视我，那个时候我根本没想跑。"

"哦？那现怎么又想跑了？"

布的妮长长地叹了口气，无奈地说道："你们没一个正常的，我不跑还等着给你们当炮灰啊！"

没想到陆孟听到这话倒是笑了说："在这乱世当中，我们要是不正常就没什么是正常的了。"

"好了，反正也跑不掉了，不如我们聊聊？"布的妮突然说道。

"哎哟！没想到小娘子转变还挺快的。"陆孟古怪地喊了一声，倒是自个笑开了。

"谁是你小娘子！"布的妮又被他气得冒烟。

陆孟在她发作之前急忙说道："你想问什么话？我知道的都告诉你。"

"好！羽人社是怎么回事？"布的妮直接问道。

陆孟没想到她问的竟然是这件事，只见他缓缓伸出修长的手指抵在布的妮的下巴上,把她的头抬了起来,一字一顿地说道:"你不知道?"

听那语气,好像布的妮早就该知道似的。

"我知道什么吗?我知道!"布的妮甩开陆孟的手,气呼呼地说道:"为什么你们一个个都以为我什么都知道,其实我才是那个大傻瓜,你们什么都瞒着我,我知道什么呀?"

陆孟笑了,一口整齐的牙在月光下更显洁白,说道:"这帮人把你保护得真好!"

"保护我?"布的妮更是感到奇怪了。

陆孟又在笑,这笑容里竟不知不觉多了几分柔软:"我说过,羽人社就是保护族中的秘密和族长安全的人,老族长死了,你成了新任族长,所以你就是羽人社保护的对象。"

"可是,我在村子里从来没有见过羽人社的人!"

"傻瓜,羽人社的人要把'羽人社'三个字写在脸上给你看吗?整个思妙村里的族人都是羽人社的成员,他们还有一部分人生活在迷雾森林的雷神庙里。"

听到这里,布的妮在心里暗暗感叹:难道自己的阿爹阿妈也是羽人社的吗?他们迁徙到这里就是为了守护铜鼓的秘密?

"你们也是羽人社的吧?所以你就一直跟着我?"布的妮又问道。

"是!保护你是我们的职责。"

"那你们为什么一直骗我?"

"有的时候,不知道才是最好的保护。"陆孟看着眼前这个率真的女孩,内心波澜渐起。

"那你要保护我,就是要跟我在一起一辈子吗?"布的妮突然问道。

第十章
小铜鼓上的图腾

　　这一问却把陆孟的心思问乱了，他不知道该如何回答这个问题。他发现自己在不知不觉间已经爱上这个率真的女孩了。可是她是新任族长，而自己只是一个守护者，自古以来，守护者跟新任族长从未能真正在一起过，这似乎成了族中一条无法打破的诅咒。他不敢再多想，只能讪讪地说道："这是我的职责！"

　　"只是这样？"布的妮看着陆孟，眼里竟然多了几分凌乱。突然，她像恶作剧般托起陆孟那好看的唇"叭"地一口亲了上去，陆孟被她这突如其来的动作吓呆了，傻在那里没了反应。虽然他平日里看着风流，但那都是装的，这可是他的初吻，还没等他反应过来竟然没了……

　　看到陆孟的反应，布的妮也呆住了，她也不知道自己为什么要这样做，她以为陆孟会躲掉的，没想到这傻瓜竟然这样一动不动地就给她……亲……上……了？

　　布的妮迅速扭转头，躲开陆孟的目光，眼睛呆呆地看着地面，脸上已是火辣辣的一片，猛地一跺脚转身就跑。跑了几步，布的妮这才发现自己是往木楼方向跑的，她不是要逃跑吗，往回跑不等于自投罗网？转身又沿着进山的小道往外跑，等她气喘吁吁地跑了好长一段，这才发现陆孟并没有跟过来。布的妮坐在一棵大树下，那颗小心脏依然狂跳不止。

　　也不知道过了多久，布的妮竟不知不觉地倚着大树睡着了。待她醒来，只觉得耳畔响起鸟雀的欢鸣，霞光从山峦中喷薄而出，染红了蓝天、白云，染红了绿色的松林。松尖、花瓣、小草上挂着的露珠，在阳光的折射下流光四溢，宛如进入了一片幻彩森林。她突然发现自己的头顶被什么东西挡住了，抬头这才发现不知道是谁在她头顶上绑了一把大黑伞，替她挡了一夜的风霜雨露。

"陆孟,你出来!"布的妮脑海里瞬间出现一个名字。

"哟,这刚醒来就喊情郎了呀!"说话的人竟然是章空青。

"这……是怎么回事?"布的妮终于把自己的思绪拉了回来。

"陆大哥去找车了,叫我在这里看着他老婆,不能给人跑了。"章空青笑嘻嘻地说道。

"什么他老婆,你胡说什么?"布的妮想起昨晚的事,脸一下子又红了。

"哎,你可别冲我生气,是陆大哥这么说了,我只是原话转答。"

"等他回来,我不杀了他才怪!"布的妮咬牙切齿地吼道。

"等他回来你就不这样了。"章空青满不在乎地说道。

"你……"这回布的妮确实是无语了。

"先吃点东西吧!"章空青一边说着,一边摸出一个大馒头塞给布的妮,"这是谷主做的,吃了还可以提神养气。"

布的妮接过馒头,手上便染上一股淡淡的药香,不愧是药王谷的东西,连个馒头都加了药材。布的妮轻轻咬了一口,仅能分辨出这里面加了黄芪、当归,其他的药材就不知道了,估计都是一些养气血的药材,只是她此刻却没有心情吃东西。

"等下,我给你弄点水来!"章空青说着就跑出去,没一会就看到他用一片树叶兜了一捧水回来,笑嘻嘻地说道:"这水干净,我们出去采药,都是在附近找山泉水喝。"

"在村子里的时候,我们也是一样的。"听到章空青这么一说,布的妮又想起了跟老族长上山采药的情形。他们就这样有一搭没一搭地聊着,在大树下等着陆孟回来。

"药王怎么会相信'灵魂转生'一说呢?"布的妮突然问道。

第十章
小铜鼓上的图腾

"谷主得了绝症,活不了多久了。虽然明知人活一世便是一辈子,但是为了让谷主心中好受些,也许只有用这善意的谎言,才能宽慰她了吧。"

"谷主得了绝症?药王夫妇都是医药高手,也不能治吗?"

"药王说这叫医者不自医!"

"所以你们才外出找药?"

企沙镇跟华石镇虽然同属防城港,但是却相隔百里之遥。一路都是崎岖的黄泥路,由于车子走在上面会打滑,黄泥路上简单地铺上了一些碎石,小货车走在上面很是颠簸,很少坐车的布的妮没一会就被晃得七荤八素地趴在车窗狂吐。

"陆孟,能不能开慢点?只怕没到地方我就给吐死了!"布的妮趴在车窗上有气无力地说道。再看章空青,这家伙可能是在山上跑惯了,在车上竟然越来越精神。

小货车穿行在山林之间,穿过碧绿的稻田、蜿蜒流淌的江河,穿行在群山之间,细细看着这如诗如画的景色倒是让人心旷神怡。然而,此时的布的妮却因为晕车已经没有力气说话了,只感到疲倦一阵阵袭来,她的眼皮已经在打架了。

"喂,你还好吗?"陆孟回过头看了布的妮一眼,却发现她脸色惨白,"空青,你带有醒香丸吗?给她服下一颗,要不然还不到目的地,这妞就要晕死过去了。"

"有!在车厢后面的药篓里。"

陆孟把车停下,章空青爬到车厢从药篓里翻出一个小木盒递给陆孟:"这次出来谷主给我们备了不少药呢!"

"我阿妈就这样,总是把我当小孩。"陆孟无奈地说道。

"陆大哥,为什么你不告诉新任族长,你就是药王谷的少主?"

听到章空青这么一问，吓得陆孟整个人都跳起来："在'富春号'邮轮上，我就骗了她一次，现在又再骗她，如果让她知道，这妞不把我皮剥了才怪。"

"好吧，你就继续骗吧，估计往后会被修理得更惨。"章空青无奈地摇了摇头，爬上驾驶座，"这辆小货车是我家老头弄来的？"

"除了他，现在谁有能力这么快弄辆车出来？"陆孟说道，"等下我们要先去趟那良古镇。"

"去那里做什么？那个地方跟思妙村走的可是反方向。"章空青说道。

"你家老头交代的。"陆孟无奈地说道。

"好吧！"章空青只能调转车头往那良古镇飞驰而去。

陆孟拿过小木盒，从中取出一颗散发着薄荷香味的小药丸塞进布的妮口中，轻声说道："一会就好了！"

果然，那药丸入口是满口清香，布的妮在晕晕沉沉中只觉有一股清幽兰香从远而来，令人心神凝聚，身体异常舒服。缓过神来的布的妮却更想睡觉了，舒舒服服地睡，她这么想，也是这么做了，于是把陆孟的腿当成了枕头。

小货车继续在群山间穿行，如果忽略路上的颠簸，沿路的景色倒是不错。陆孟看布的妮已经睡着，便和章空青聊了起来："空青，那你为什么不在家当太子爷，跑到药王谷来受这个苦？"

"人各有志吧，我喜欢医药，喜欢治病救人，你不一样是到处跑？"

"我那是不得已。"

"陆孟，我总觉得这件事情有点不对。可是又说不上是哪里不对。"章空青突然说道。

第十章
小铜鼓上的图腾

"我也感觉到了,这次一定要小心。"

"知道了!"

沉默片刻,章空青又问道:"这女孩真的是什么都不懂吗?"

"看样子是。"

"你真放心这样?"

"她懂得越少,对她来说反倒越好,不过,我也想不明白为什么一定要带上她才能解开所有的秘密。"

"有些事,顺其自然吧,想多了反而没用。"

……

小货车一直往前开,他们也一路聊着,也不知道过了多久,在他们面前出现一个充满古老气息的小镇。

"那良古镇到了,可以把你老婆叫醒了,咱们去吃炒粉好不好?好久没吃到这个味道了。"

"你的地盘你做主!"陆孟笑道。

陆孟将布的妮轻轻摇醒:"起来了,我们要在中途休息一下。"

布的妮睁开眼睛,迷迷糊糊地问道:"这是哪?"

"那良古镇。"

"我们到这里干吗?"

"我也不知道,这要问空青了。"陆孟说道。

"两位,先下车填饱肚子再聊。"章空青跳下车朝他们喊道。

> 羽人社——铜鼓的守护者,他们的出现给寻宝的路上又蒙上了一层迷雾,这些人究竟是敌是友?

第十一章 羽人社出现了

那良古镇,当地方言意为"肥沃的田地",古称榕树峒。这里有一条以法式建筑而闻名的商业贸易街,历经了百年沉浮,老街并没有残破不堪,反而多了几分历史古韵。

"这里居住着汉族、壮族和瑶族等多个民族,那良古镇建于清朝顺治年间(1644—1661年),在这里建房子的大多是从广州、港澳等地当官、经商回来的人,建的房子多为法式洋楼。这里还有永安书院、明仑书院等,是个重文化的地方。"陆孟一边走一边充当起了解说员。

"那你们来这里是为什么?"布的妮问道。

"这里是岛主的地盘,他叫章空青来这里肯定有原因。"陆孟说道。

"几百年来,这里的北仑河、那良江就是黄金水道,每逢圩日前夜,街上的客栈就会住满从各地担

第十一章
羽人社出现了

山货到那良古镇的商家及从东兴、江平、越南上来的水客,他们来此交换货物。"接着给布的妮做解说的是章空青。

"你来这里是为了拿货?"布的妮问道。

人们到这里卖山货布的妮是知道的,在思妙村的阿爹阿娘和老族长都到过这里卖草药换盐回去。不过,这里离思妙村着实有点远,这也是她第一次到那良古镇。

"嗯,等下我去拿东西,你带着布的妮逛逛镇子也是挺好的!"章空青说道,"好了,现在带你们去吃这里最好吃的炒粉。"

章空青领着两人走进担水街,据说这里有一个有上百年历史的大石磨,过去,米粉就是从这里磨出来的,不过由于它太大了,要推动它并不容易,后来镇里的人渐渐把大石磨换成小石磨。走进一家米粉店,章空青给每人点了一碟炒粉又开始介绍:"这里的炒粉油多而不腻,柔韧而易化,湿软而润滑的口感真算是当地一绝。"

听着章空青喋喋不休的介绍,布的妮倒是笑了:"若不是跟你在一起,还以为你是给人拉生意的。"

"什么叫亲民?我们的章公子就是!"陆孟笑道。

炒粉很快就上来了,果然如章空青所说柔韧润滑。章空青匆匆地吃了几口,便站起身:"你们一会去小货车那里等我!"说完便急匆匆走了。

重新回到小货车上,布的妮感觉精神好多了。陆孟却斜倚在小货车后面紧张地看着来来往往的人。约莫等了半个小时,章空青这才背着一个小包袱匆匆赶来,看到陆孟直接把手里的小包袱扔给他,吼了一声:"快走!"

陆孟与章空青几乎是同时跳上车,这回还是章空青开车,

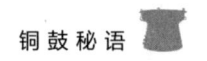

但没有了先前的平稳,他把车当飞机开,这下可苦了布的妮,刚刚吃下的东西又吐完了。

"怎么回事?"陆孟紧张地问道。

"没想到这里也有探子,我们被盯上了。"章空青猛踩着油门,喘着大气说道。

"对方也开车?"陆孟又问道。

"没有!"

"现在我们是坐车,不是步行,他们已经追不上了。"陆孟咧着嘴笑道。

"哦!"章空青也跟着笑了起来。车子放慢了速度,慢悠悠地在这崎岖的山路上移动着。这时还趴在窗口处的布的妮却被吓得小脸发白。看她这副模样,陆孟忍不住将她的小脑袋拉了回来。

小货车行驶在山巅之上,车轮下云雾缭绕,右侧便是万丈深渊。面前的路犹如一条黄色的麻绳在山巅上缠缠绕绕,车子仿若要离开这人间直往天上的云端飞去。

"小心点!"布的妮忍不住喊了一声。

"没事,这条路对他来说早已是轻车熟路了!"陆孟满不在乎地说道。

布的妮见状,却起了疑惑:"你们是不是已经认识很久了?"

"我们是相见恨晚。"陆孟讪讪说道,这话倒是引来章空青的一记白眼杀。

"我们还有一段路要走,你们可以在车上睡一下。"章空青说道。

说实在的,布的妮也不知道自己是因为晕车还是因为其他的什么原因,不知不觉中竟然睡着了。

第十一章
羽人社出现了

布的妮迷迷糊糊醒来,这才发现小货车停在一片树林里。车窗都开着,就在离车不远的地方燃着一堆小小的篝火,章空青坐在篝火边上烤馒头。这馒头估计还是谷主给他们带上的,在火上一烤,空气中又充满那淡淡的药香味,闻着这香味布的妮顿时感到自己的肚子在咕咕叫。

她推开车门下了车,往四周看了一遍,却没看到陆孟的影子。她再往篝火堆走去,章空青将早已烤好的馒头和水递给她,又继续烤着手里的馒头。

"陆孟呢?"布的妮问道。

"他到前面探路去了!"章空青拍着手里热乎的馒头说道。

"探路?"布的妮将烤热的馒头塞进嘴里,咬了一口又问道。

章空青放下手中的馒头,说道:"这一路的牛鬼蛇神有点多。"章空青的回答显得漫不经心,然而双眸却如同一只正在狩猎的鹰。

布的妮没有说话,静静地抬起头,天上繁星点点,皎洁的月亮在天空上散发着柔软的白光。地上树影重重,偶尔漏下的光给这片土地添上几分银色。突然,一只萤火虫从树林里飞出,带着点点莹绿沿着树影迎着月亮往天空上飞去,这一幕给布的妮看痴了,喃喃道:"你说,它能飞到月亮那里吗?"

"当然能!"身后传来的声音倒把布的妮吓了一跳,回过头,陆孟笑眯眯地站在她身后。

"你怎么走路没声的?不怕吓死人啊!"布的妮微微嘟起嘴气恼地骂道。

"哎,我饿死了!"陆孟没有接她的话,反而一屁股坐在她旁边,伸手接过章空青递过来的馒头,咬了一口,顺手又拿起布的妮的水瓶喝了一大口,才急忙地往下咽。

"喂，没人跟你抢，你慢点吃不行啊？"这一幕看得布的妮直摇头。

"行！先吃饱再说。"陆孟一边吃一边含糊地说道。

"这是什么地方？"布的妮又问道。

"再往前走两三公里就到企沙圩集了。"陆孟说道。

"哦，那我们先进圩集休息一晚，明天还能带点东西回去给阿爹阿妈。"想到能回家，布的妮变得有点兴奋了。

"我们今晚就在这里休息，明天再进圩集，里面的情况我还搞不清楚。"陆孟说道。

"找到那个外国人的踪迹了吗？"章空青问道。

陆孟摇了摇头说："我以为这些人带走外国人会先到这里的。"

"他们是不是已经进村了？"章空青又问道。

陆孟困惑地摇了摇头说："要是进了村，你家老头总会想办法传出点什么消息吧？"

"那倒是，感觉现在村里都没什么动静。"章空青也跟着纳闷地说道。

一夜无话，天边刚浮出一丝银线，布的妮就闻到空气中飘来一股烤肉的香味。昨天晚上，她只是就着凉水吃了个馒头，空气中飘荡的肉香不得不说对她那饥饿的胃是一种考验。布的妮睁开眼睛，昨晚的篝火还在燃烧，章空青手里拿着个树杈，烤着一只野鸡。

"你从哪弄来的野鸡？"布的妮问道。

"今天早上醒来顺手打的。"章空青咧着嘴笑道。

布的妮向四周环视一圈，没发现陆孟，问道："陆孟去哪了？"

第十一章
羽人社出现了

"前面翻过那座小山坡有条小河,他去抓鱼了。"章空青指着不远处的小山坡说道。

"哦!"布的妮想着正好可以过去洗洗脸,便按照章空青所指的方向走去。

小河沿着崎岖的山道蜿蜒而下,在小山坡的脚下汇成一汪清池。清晨的凉风吹过,水面水雾氤氲,碧波绿影中果然有一道人影在晃动。布的妮快步跑过去,却见陆孟挽着裤腿拿着一根自制的鱼叉在盯着水面,如同一只伺机而动的鱼鹰。

"喂……"布的妮朝他喊道,"抓到鱼没?"

陆孟回过头指着河岸边的一处水洼,那里果然躺着几条翻着白鳞的江鱼,"看来收获还不错……"布的妮的话还没说完,就听到一声类似枪响的声音从山坡后传来。

"阿妮!"陆孟飞快地从水中窜出,把布的妮往自己身后一拽,反手,不知道从哪里摸出一把手枪对着声音响起的地方"砰、砰、砰"就是连续三枪。

也在同一刻,山坡后也有了动静。那阵声音过后,天地间突地又变成一片寂静,仿佛什么也没有发生过。陆孟赶紧拖着布的妮往小货车方向跑去,只见章空青一手举着烤鸡,一手拿着一把手枪躲在小货车后面。

"是什么人看清了吗?"陆孟迅速问道。

章空青摇了摇头说道:"是给我们的警告!"

"警告?"

"警告我们已经进入他们的管辖范围了。"

"你觉得会是谁?徐爷还是羽人社?"

"不管是谁,他们都只要我们听话,而不是要我们死。要不然刚才他们就可以一枪崩了我。"

"这话听起来还不错。"

"行了,接下去怎么办?"章空青问道。

"还能怎么办?就凭我们三人想找出铜鼓的秘密有点难度,现在自然要找人合作了,不过要怎么站队倒是得好好想想。"

"你是说跟他们合作?"章空青愣住了。

"要不然呢?"陆孟拿起手枪朝章空青晃了晃,"谢谢你老家头啊,有了这东西,我们谈判的价格又可以上涨了。"

"算了,这些事给你头疼去吧,不过你们不觉得饿吗?"章空青晃着手里的烤鸡说道。

这吃货的世界真是不可理喻,都什么时候了,居然还顾着烤鸡。"算你将功补过!"陆孟拿过烤鸡直接撕了个鸡腿就啃起来。看到布的妮换好衣服走过来,陆孟撕了另一只鸡腿递给她,章空青只能看着那几乎是空架子的烤鸡气得直摇头说:"下辈子投胎绝对不再做你朋友!"

"哦,那我做你朋友就行了。"陆孟满不在乎地说道。

三人吃饱喝足,陆孟驾着小货车在公路上晃晃悠悠地朝着企沙圩集方向盘旋而去。然而,就在他们快要到达企沙圩集的时候,天边的光亮被一团团滚滚而来的乌云抹去了,连绵不息的山脉迅速由浅灰变成深灰继而变成一团黑影,而另一面的防城港方向的天空却变成刺眼的白。

"暴雨要来了!"布的妮失声在喊,公海上发生的灾难宛如电影般在她脑海里回放。

"运气还真好!"陆孟嘴里说着,两道剑眉却渐渐拧在一起,却还不忘调侃,"阿妮,你是不是雨神啊?只要准备干活都下雨,还是特大的雨那种。"

"你还雷神呢,跟你下海还电闪雷鸣。"布的妮嘟起嘴反驳,

第十一章
羽人社出现了

没想到她话音刚落,一道闪电从头顶划过,狂风乍起,紧接着一声响雷就在他们身边炸响。瞬间,天如同给闪电撕裂了一样,暴雨倾盆而下,眼前所有的一切化成白茫茫一片。雨声、雷声和风声在这山巅之上交错,他们那辆小货车在天地之间变成了一只在风雨中飘摇的小甲虫。陆孟不得不在一处转弯的地方选了个山坳,将车子开了进去,借着大山的庇护总算是躲过风雨袭击。

章空青无奈地看着大雨说道:"你们两位真不能一起出去办事,总会招风惹雨。"

陆孟正想怼一下章空青,坐在后排的布的妮突然指着车窗前的山路喊了起来:"快看,前面有人从山上滚下来了!"

陆孟将雨刮开到最大,透过前窗终于看清就在距小货车不远的前方有一堆塌方的泥土,还有个人一动不动地趴在上面,也不知道是死是活。

"这人不会是死了吧?"章空青喃喃道。

"先去看一下!"陆孟说着迅速跳下小货车往山体坍塌的方向跑去,章空青也跟着跑了过去。

两人跑到山体坍塌的地方,这才发现趴在泥土堆上的人竟是个女孩。在大雨的冲刷下,女孩的脸色变得异常苍白,如同那没有温度的白玉瓷瓶。她身上穿的是壮家绣花短裙,脚上的绑带已被鲜血染红,血水顺着她的脚踝不断往下流。

陆孟一看到这女孩立刻紧张起来,叫道:"蓝水竹?"

章空青抬起头看了一眼陆孟,问道:"你们认识?"

"嗯!"陆孟点头,"先救人!"章空青抱起受伤的蓝水竹急忙往小货车跑去,陆孟跟布的妮快速把车厢里的东西挪开,车厢立刻成了临时救护房。

一上车，章空青往陆孟身上瞄了一眼，陆孟立刻将那只装着清心丸的小木盒拿了出来，递给章空青。章空青却没有接，陆孟也没有说话，把药盒打开，里面竟然装满了各色药丸。陆孟随手取出一颗褚红色的药丸递给章空青。章空青接过后立刻用手掰开蓝水竹的嘴，把药丸和水一起灌了进去，随后，章空青开始处理伤口，陆孟则从药篓里翻出一只酒葫芦，随时帮忙冲洗、包扎。

布的妮看到他们的配合竟然如此默契，心底的疑虑又上来了，问道："你们在一起学过医？"

听到问话，陆孟和章空青相互对望一眼，同时抬起了头，异口同声答道："没有！"

他们嘴里说着话，手上的活却没停，片刻后，女孩的伤口就给他们处理好了。"你给她换件干的衣服吧，她只是摔伤晕过去，其他没什么大碍，很快就会醒的。"章空青说道。

布的妮听话地帮蓝水竹换衣服，陆孟和章空青也暂时回避了，这对他们来说算是暂时避免了回答问题的尴尬。

"你为什么要在新任族长面前隐瞒身份？"章空青在陆孟耳边悄声问道。

"没什么！"陆孟显然不想回答。

"可是我听师傅说过，他有一个跟他儿子订了娃娃亲的儿媳妇。"章空青轻声笑道。

陆孟白了他一眼说："哪壶不开提哪壶，是不是？"

"喂，其实这嫂子挺不错的。"章空青继续笑道。

"你脑子里装了什么乱七八糟的东西？"陆孟还想说下去，却听到布的妮在车厢里喊道："衣服换好了，不过她吐了。"

"吐了？"两人听到这两个字，吓得急忙蹿上车厢。

第十一章
羽人社出现了

果然蓝水竹吐出一口污浊的血,章空青一看脸色瞬间变得煞白,问道:"怎么会这样?"

然而,陆孟却淡淡说道:"瘀血呛喉,吐出来便好!"

听他这么一说,紧张的章空青这才冷静了下来。然而,他们却没注意到布的妮的表情却变得古怪起来,"药王有个儿子跟我定了娃娃亲。"布的妮冷不丁说道。

她的话顿时让眼前这两个男人愣住了。

"这不挺好吗?"陆孟讪讪地笑道。

这回不止布的妮,就连章空青也觉得古怪了。

为了缓解这压抑的气氛,章空青笑道:"喂,我说"雷神""雨神"两位大人,咱们是不是得先进圩集里找个地方住下再说,再这样熬下去别说躺着的这位,我们也快要撑不住了。"

狂风暴雨中,小货车摇摇晃晃地开进企沙圩集。这个由小渔村形成的圩集在暴雨中变成了白茫茫一片。天空与大地,山与水,房屋与人都变成了模糊一片。陆孟驾着小货车在圩集的街道缓缓前移,不知怎的,他总觉得在这模糊的世界里似乎有一双眼睛在紧紧地盯着他们。

"我们还要去思妙村,这女孩怎么办?"章空青看着还是昏迷不醒的蓝水竹问道。

"这女孩就是思妙村的,现在我担心的是村里是不是出了什么事。"陆孟看了一眼布的妮说道。

"她是思妙村的?我怎么不认识?"布的妮奇怪地看着陆孟。

"她住在雷神庙里面。"陆孟轻声说道。

"雷神庙?她也是羽人社的?"布的妮愣住了。

陆孟点了点头说:"羽人社的人无处不在。"

操纵者一次次在背后伸出神秘之手，如影随形。可是，究竟是谁在背后操纵？他所做的一切到底是为了什么？

第十二章 谁是背后的操纵者

企沙，以形取名，由渔村成圩。因圩集位于大海与山坡之间，企沙的东、南、西三面环海，北接光坡。在这里居住有汉族、壮族、瑶族等多个民族。由于它的地理位置特殊，当地人都以捕鱼为生，久而久之，这里便形成一座渔市。来的人多了，便成了圩集。

路到了这里已是尽头，小货车无法再走。由于大雨倾盆，原本热闹的圩集变得异常冷清。他们找了一家由农房改建的客栈住下，章空青留下来照顾还在昏迷的蓝水竹，布的妮和陆孟则出去购买干粮备用，顺便看一下有没有羽人社成员留下的线索。

这个圩集并不大，沿着一条比较平坦的山沟，两边搭建简易的木房子就成了商铺，里面多是卖布匹或小饰品等一些从山外带进来的东西。住在山里的村民们带来的多是药材、腊味等干货；渔民卖的

第十二章
谁是背后的操纵者

则是海鲜产品：因此当地人常常是以物换物。暴风雨的降临让这个圩集变成了一条泄洪通道，赶集的人早已散去，只有零零星星的几个本地人还在风雨中坚守着自己的店铺。然而，就是这么点的地方，布的妮与陆孟转了几圈也没有发现任何羽人社成员的影子。

雨越来越大，布的妮拉着陆孟躲到一家店铺的房檐下。陆孟看着漫天雨幕不禁皱起眉头说："这里已经没有路了，那些人劫了外国人的车怎么会一路上一点痕迹都没有？"

布的妮没有回答他的话，眼睛却看着满天的雨出神。

陆孟见布的妮没有理他，转身进了一家店铺，用壮话问："你见过一个外国人开着一辆吉普车进山吗？"

然而他得到的回答却是对方的一片茫然和摇头。

"喂！你在想什么呢？"陆孟回转过来发现布的妮还在盯着那满天的雨发呆。

听到陆孟的叫唤，布的妮像是突然回过神来，拉起陆孟就往客栈跑："不对，快回去！"

"怎么了？"陆孟还没反应过来就被布的妮拖着冲进雨中往客栈跑去。到了客栈，布的妮和陆孟直接冲进蓝水竹的房间。房间里，章空青依然在蓝水竹的床榻前守着。看到躺在床上的蓝水竹，布的妮立刻向章空青问道："这女孩什么时候能醒过来？"

章空青看了一眼满脸紧张的布的妮和一脸莫名其妙的陆孟，又转头看了看床上的蓝水竹脸色微沉说："一会再给她施下针，再喂些补气血的汤药，运气好的话，估计晚上她能醒来过来。"

这时陆孟却开口了："要八珍汤！"

章空青抬头看了看陆孟，走到车上，搬下药篓，煎药去了。

八珍汤由人参、白术、白茯苓、当归、川芎、白芍药、熟地黄、甘草八种中草药组成,具有益气补血之功效,主治气血两虚、脉细弱或虚软无力或病后虚弱等症。

章空青离开后,陆孟从身上掏出一只小布包,打开,里面是一排金色的细针。

"针灸用的针不都是银色的针吗?这针怎么是金色的?"布的妮盯着陆孟问道。

陆孟摸好蓝水竹的穴位,一边施针,一边说道:"这针也是银针,只是淬过火而已。"

"哦!"布的妮似懂非懂地应了一句,"这工艺应该不容易吧?"

陆孟顺口道:"是不容易!"然而,话刚出口,陆孟猛地反应过来,手上的动作略微顿了一下:"我不是你想的那个人。"

"是吗?"布的妮微微笑了笑,眼里却闪出了泪花,"不是也好!"

"嗯。"不知道为什么,陆孟下意识地应了一句,心却狠狠地疼了一下。

"老族长说,族中的新任族长是不可婚配的,自我当上族长那天起,那亲事自然是不作数的。"布的妮又接着说道,可是她的声音却在微微发颤。

"不是你想的那样,他是有苦衷的。"陆孟说道。

布的妮又笑了,笑得很涩:"你不是他,你怎会知道他有苦衷,你认识药王的儿子吗?"

"不认识!我们都到了药王谷,作为未婚夫他不是应该出来见你吗?可是我们却没见着,只能说明他躲开了。"陆孟明明知道自己的理由编得过于牵强,可是他也找不出更好的理由了。

第十二章
谁是背后的操纵者

"他躲开了吗?"布的妮的眼泪落到了陆孟的手上,心却在痛:陆孟,你忘了,我们曾经见过。那时候虽然我还小,可是我清楚地记得你的左手手腕上有颗黑色的小痣。布的妮确实没看错,陆孟的左手手腕上有一颗小黑痣。其实,在"富春号"邮轮上的时候她便起了疑心,等到了药王谷的时候她就已经确认陆孟就是药王的儿子。她不明白的是,为什么所有的人都要瞒着她。

屋子里的人不再说话,空气中弥漫着沉甸甸的压抑氛围,窗外的雨渐息,电闪雷鸣已经消散,天空依然灰蒙蒙一片。这家客栈其实是农户用木头和茅草简单搭起的小木楼,一楼同样做了店铺,卖的都是些山里的草药,这倒是方便了章空青。

门外的水潺潺地往低处流去,偶尔飘过几片花瓣,布的妮抬头,这才看见远处的山上有一丛粉得耀眼的杜鹃花开得正浓,不知不觉间又勾起布的妮心底那一抹不可诉说的悲郁。

"这女孩真的是从雷神庙来的吗?"布的妮自己打破了寂静,可是心里却莫名地多了些紧张。

"是,她是我师妹。"

"师妹啊……"布的妮喃喃道,心里缠着的绳子又紧了几分。

陆孟看着她那犹豫又紧张的表情突然咧嘴一笑说道:"我们一起在雷神庙长大。后来,我出山历练,她就留在山里,很老套的故事,是不是?"陆孟又笑了一下,又说道:"但这是事实。"

没过多久,楼下就飘来浓郁的中药味,看来章空青开始煎药了。陆孟替蓝水竹施好针说道:"她这一时半会还醒不了,我们先下去看一下,顺便找点吃的。"

布的妮点头应了一声"好"便不再说什么。他们来到厨房，章空青正蹲在灶前煎药，看到他们进来，指着一张破旧的桌子上的瓦罐说道："青菜粥在里面，你们自己装吧！"这家伙来到厨房不但煎了药还顺便把粥煮好了。

"我问了这里的店家，这山里只有青菜和竹笋，只能将就点了。"

"我什么时候嫌弃过吃食了？"陆孟笑着拿起筷子捧起一碗青菜粥吃了起来。

说起来，折腾了这么大半天，他们也实在是饿了。粥是青菜红薯粥，配菜只有一小碟腌渍过的黄瓜皮和竹笋。布的妮对这些食材并不陌生，这也是村里人常吃的东西，在村里比不得在外面城市，能用到的食材很少。

"接下来怎么办？"布的妮边吃边问道。

"什么怎么办？"陆孟轻轻地抿了下唇，沉默了许久才开口说道。

"蓝水竹出现在这里，雷神庙怕是出事了，雷神庙若是出了事，那思妙村里的村民会怎么样？"布的妮说道，"陆孟，我们要立刻回村！"布的妮终于压抑不住心底的慌张。

然而此时的陆孟却异常平静："现在先要弄清楚雷神庙那里发生了什么事，我们这样子回去恐怕无济于事。"

"那要怎么才能弄清楚？"布的妮又问道。

"继续等，等蓝水竹醒过来，等她开口！"陆孟说道。

这样的等待似乎显得焦急而漫长，户主把房子租给他们就自顾自离去了，现在整栋木楼就他们几个人。傍晚时分，下了一整天的雨终于停了，湿漉漉的空气弥漫着浓浓的中药味。陆孟转头看向布的妮，此刻她倚在店铺门口发呆，像极了一个小老板娘，看着她这副乖巧的模样，陆孟不由得会心一笑。

临近午夜，蓝水竹终于悠悠转醒，看到守护在床边的陌生人，脸上充满惶恐，她紧张地往床缩了缩，问道："你们是什么人？"

一直守护在床边的章空青看到她醒过来也是松了一口气，抬手用袖子擦了把脸上的汗说道："你不用怕，是我们救了你，你师兄还在楼下，我去喊他。"

蓝水竹看到陆孟，"哇"地一下哭起来，嘴里还一边含糊不清地说道："师兄，雷神庙，雷神庙被人抢了……"

听到这话，陆孟的脑子都要炸开了，一步冲上前去抓着蓝水竹厉声问道："你说什么？"

蓝水竹这一刻似乎是给他吓住了，竟止住了哭声哽咽着说道："雷神庙被人抢了……"

"这是怎么回事？"陆孟皱着眉头问道。

"昨天晚上不知道从哪里来了一群人，冲进雷神庙，抓住师傅和一些村民，还说有了他们，你就会去寻找破解圣鼓秘密的方法。"

"卑鄙，这是威胁！"愤怒已经点燃了陆孟的神经。

蓝水竹一边抹着眼泪一边点头："可是，哪有什么破解圣鼓秘密的方法？圣鼓就是圣鼓，也没有什么秘密呀！师傅说不知道，可是那些人不信，说我们守在雷神庙就是为了守护圣鼓的秘密。他们人多势众，后来师傅就想了一个办法，把他们带进迷雾森林。我们仗着对地形熟，师傅引开他们的注意力，我逃了出来。我想出山找你，快到圩集的时候，遇上一个白皮肤、黄头发的老头开着车过来。"

"外国人！"陆孟与布的妮异口同声地喊道。

"后来呢?"陆孟急忙问道。

蓝水竹怯怯地看了一眼陆孟声轻说道:"那个老头见我跑得没力气了,就问我要不要坐车?我没敢上车,他自己却下了车,看见他走过来,我被吓住了,随手抓起块石头就砸了过去,也不知道砸中没,反正我是砸完了就往山外的方向跑,没想到却从崖壁上摔了下来。"

真没想到,蓝水竹醒来后会给他们这样一个答案。

"水竹,这位就是思妙村的新任族长,布的妮。"陆孟把布的妮拉到蓝水竹床前介绍道,接着又指着章空青说道:"这是药王的徒弟章空青。"

听说是新任族长,蓝水竹急忙起来行礼,却被布的妮拦住:"不用多礼。"

这时,陆孟接着说道:"就算水竹把外国人砸晕了,可是他的车呢?车上还有那么多的设备去了哪里?"

"你们不觉得奇怪吗?这一路上没见有车呀!"章空青接口说道。

"是不是这外国人醒来,把车开进岔道了?"布的妮眉头轻蹙。

"进山就这一条路,不会分岔的。阿妮,我们出去沿路找一下;空青,这里就麻烦你了。"

安排好这里的一切,陆孟和布的妮开着小货车离开了。

章空青给蓝水竹做了检查,除了一些擦伤并无太大的伤口,主要是给撞晕了,现在醒过来也无大碍。他去厨房拿了一碗粥给蓝水竹。这蓝水竹长得清秀可人,身上穿着蓝黑偏襟滚边绣花上衣,头上包着彩色绣花折巾,腰间系着同样绣着精致花纹的围裙。裤脚和膝盖处镶有蓝、红、绿色的丝织的和棉织的对称花鸟云纹图案，倒是把章空青看呆了，"你好好休息吧。"章空青嘴里说着话，身体里那颗心倒是跳得厉害，脸也跟着红了。

"不要把我一个人留在这里。"蓝水竹听到章空青要走一下子便急了，突然，她发现自己好像是说错了话，羞涩地低下头，两只小酒窝在脸颊上若隐若现更显可爱。"师兄不会有事吧？"停了片刻，蓝水竹转移了话题。

"你师兄聪明着呢，不用担心。"章空青嘴里说着，心里却隐隐有些担心：羽人社的人一直在跟着他们，会不会比他们先到了思妙村？

"羽人社是怎么回事？你知道吗？"章空青看着倚在床上的蓝水竹问道。

"羽人社就是保护族中的秘密和族长安全的人组成的组织，我阿爹是其中的人，陆孟师兄也是。"蓝水竹回道。

"可是……陆孟说羽人社里面出现了叛徒？"章空青问道。

"嗯，下一任守护雷神庙的庙主是陆孟师兄。但陆孟师兄不经常在雷神庙，长年守着雷神庙的是二师兄蓝水木，他认为陆孟师兄从来不管羽人社的事，不能作为雷神庙的庙主。后来，雷神庙接到老族长的传话，谁能找出铜鼓的秘密就把庙主传给谁。就这样，他们都出去了。他们离开后，时不时山里就会出现一些莫名其妙的人，虽然这些人大多都被迷雾森林挡住了，但是也有一些人闯进来了。"蓝水竹说道。

"雷神庙接到老族长的传话？"听到这里，章空青发现事情的发展并不像他们想的那样，"传话的人真的是老族长派来的？"章空青又问道。

蓝水竹侧着头想了一下，这才摇了摇头说："不知道，传话的人直接找了二师兄，这人我也不认识。"事已至此，章空青也

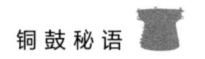

不知道该怎么办，只能等陆孟他们回来了。

然而，直到天微亮，陆孟和布的妮才拖着满身的疲惫回来，章空青把蓝水竹的话详详细细地跟他们讲了一遍。

布的妮突然感觉到自己面前有一个巨大的旋涡，而自己就在这个旋涡的中心。她想逃，却又无处可逃……望着漆黑的天，她真的好想化成一片云烟，就这样带着她不知道的秘密融入天空，回归大地。要是没有了我，是不是一切纷争都可以消散了？布的妮失神了，木木地朝屋外走去！天地间只有风在吟唱，她终于可以解脱了。突然，布的妮的双腿变软，就在摔出去的瞬间，她被一个结实的身体抱住了。恍惚间，她看到陆孟那张俊逸的脸："为什么要骗我？"布的妮缓缓地蜷缩在那温软的怀里昏死过去……

"蓝水竹！"陆孟愤怒的吼叫在这小小的圩集里回响……

章空青冲到门外，却见陆孟抱着昏过去的布的妮，那双深邃的眸子已燃起熊熊烈火，愤怒让他血脉偾张："为什么要动她！"

蓝水竹怯怯地蜷进床角，就像一只受了惊吓的小鹿。空青急忙上前去挡在蓝水竹面前："这是怎么了？"他刚才看见布的妮只是安安静静地往门外走去，陆孟却像疯了一样冲出去，而此刻布的妮竟然晕死过去了。

陆孟冰冷的目光狠狠扫过空青身后的蓝水竹，抱起布的妮，转身走出房间，就在那一瞬间，闪电撕碎黑夜，炸雷在群山中响起，如同敲响的战鼓在山巅回响……

章空青看着陆孟抱着布的妮离开，猛然回头问："到底发生了什么事？"

"我……二师兄说不能让新任族长回到思妙村，她一回去布洛陀的秘密就保不住了!"蓝水竹怯怯地说道。

"你对她下毒了?"章空青一字一顿问道。

"我只是不想让她回村子。"蓝水竹喃喃道。

章空青没有理会她,大步踏出房间,甚至有点后悔把这个女孩子救醒了,可是他不明白蓝水竹是怎么下的毒,他竟然一点也没有觉察到。

回家的路竟然让人感到胆怯,虽在熟悉的地方,却是每一步都踩在危险之上……

第十三章 重返思妙村

陆孟把布的妮抱到一楼,随后看到章空青拖着蓝水竹也跟了下来。陆孟把布的妮半坐半倚地放在墙根下,伸手翻开她那紧闭的眼皮看了看,抓起手腕把脉片刻,这才松了口气说道:"还好只是被迷晕了。"

"是什么药,那么厉害,能调人心神。"章空青把蓝水竹扔到墙根下问道。

"蓝水竹把曼陀罗的药量加重了。"陆孟说道。

"曼陀罗确实是能让人产生幻觉,不过它只能引发一个人内心压抑的情绪,新任族长心底藏着什么事,以致要自杀?"章空青奇怪地问道。

陆孟轻轻摇了摇头说:"一直来阿妮都表现得很坚强,也很开心,没想到她内心深处竟然埋藏如此深的悲伤。"

"陆孟,我说句不该说的话,若是新任族长继续

第十三章
重返思妙村

这样下去，悲剧还是会发生的。"

陆孟轻轻点了点头说："我知道。"

"等她醒了，你多劝劝她。"

"嗯。"

"不过我还有个问题，你为什么不承认你就是药王的儿子？"

陆孟看着还在昏睡的布的妮说道："在思妙村或许说是羽人社的人都知道新任族长和药王的儿子有婚约，可是我离村已久，没有人知道谁是药王的儿子。这样我就可以在暗处观察，会不会有人以我的身份来接近布的妮，这样就知道心怀不轨的人是谁了。"

"可是你发现了吗？"章空青问道。

陆孟苦笑着摇头说："这妞太辣了，谁能接近她？"

"我没见她有多辣啊？"章空青说道。

陆孟想起在"富春号"邮轮的舞池里的布的妮不由会心一笑，说她是百变女郎也不为过。"现在还不知道，不过小心点总是好的。"陆孟说道。

"你们刚才不是出去找人了吗？情况怎么样？"章空青问道。

陆孟皱着眉说道："我们沿途问了些村民，他们都说从未见过有车进圩集。这里本来就闭塞，要是路上进来一辆车整个集市都会传遍的。"

"是不是有这可能，你那个朋友根本就没来圩集？"空青说道。

"你有没有想过，是他根本没有机会来？蓝水竹说她是在山上遇上你那位外国朋友的。"章空青又说道。

正所谓，一语惊醒梦中人，陆孟像是想到了什么，猛地站起来，朝蓝水竹喊道："你是不是在拖延时间？"

"现在才想到？"蓝水竹冷笑道。

"你知不知道这样会害了整个村子的人？"陆孟吼道。

"朝我吼什么？新任族长不能回村，她要是进了村，村里所有的人都会死！"蓝水竹也跟着吼道。

"你的昏迷是假的？"章空青突然问。

"要不然呢？"蓝水竹反问道。

陆孟将布的妮迅速背上，并找了根布条把她绑在身上，转头对章空青说道："把她带上，多加小心。"

章空青瞟了陆孟一眼说："我可是药师。"

陆孟尴尬地抿了下唇说："快去吧！"

天黑得可怕，在马灯的照明下，这几个人绕过圩集后的小山坡转入进山的路。天空依然时不时滚过阵阵闷雷，雨却一直没下，似乎在积蓄着某种力量，等待着爆发。空气中弥漫着潮湿，脚下的路因为下了一整天的雨变得泥泞不堪。

虽然陆孟身上背着昏迷不醒的布的妮，但是脚步却依然矫健。然而，章空青怕蓝水竹再惹出事端，用绳子把她双手绑着，在前面牵着她走。由于蓝水竹总是磨磨蹭蹭地往后退，章空青也顾不得其他，直接将她的嘴用布条堵上，扛在了肩上。这行人就这样在山里快速行进。

"我忽略了一个人，蓝水竹的哥哥蓝水木，既然蓝水竹出现了，那她的哥哥在哪里？蓝水竹在为蓝水木拖延时间。"

"蓝水木是她哥哥？刚才她说是她二师兄。"章空青说道。

"这也没有错，我们都是羽人社的人。"

"刚才蓝水竹说新任族长进了村，村里所有人都会死，这是什么意思？"章空青问道。

"问她不就懂了？"陆孟说道。

第十三章
重返思妙村

　　章空青却沉默了,陆孟这才反应过来,蓝水竹被章空青绑了还扛在肩上呢,这回好了,想要她开口更难了。章空青似乎也不想给她开口,就这么扛着往前赶路。

　　夜里山路难走,一路下来倒显得有些孤独。空荡荡的山间除了山风回响,还时不时地听到一些动物的孤鸣,在马灯的光照下,远远近近的山峦和重重叠叠的树影宛如幢幢魅影,好在他们都是在山里行走惯的,要不然只怕是人没回到村里,魂倒是给吓没了。他们不再说话,脚步却紧得很,眼看天快要亮了,终于看到山坳外出现几顶草垛子。

　　"快到了,先就地休息一下。"陆孟找了一块缓坡让大家先行休息,经过一夜的折腾,布的妮的脸色倒是好了许多。陆孟把她放到一棵大树下。章空青也把蓝水竹放了下来,顺手把堵在她嘴上的布条给拿下来了,说:"告诉你不许乱叫,否则对你不客气!"

　　蓝水竹刚喘过气立刻大喊道:"陆孟师兄,你不能回去,我阿哥不会放过你的。"

　　陆孟对着微微泛白的天空深深地吸了口气,似乎是在自言自语:"我一定会带着所有的人离开这座大山,他们被这山困得太久了。"

　　"陆孟师兄!难道你忘了老祖宗了吗?"蓝水竹带看着陆孟喊道,眼里泛着泪花。

　　陆孟猛然回头说:"老祖宗是让我们追求自由和幸福,不是让我们祖祖辈辈困在这大山里。"

　　此时,布的妮似乎是给吵醒了,她恍恍惚惚地睁开眼睛,看到眼前人影晃动,却又分不清谁跟谁。一旁的章空青看到她醒了,拿了颗药丸塞到她嘴里,然后拿出水壶给她灌了几口说:

"好了，缓一下就没事了。"

片刻后，布的妮终于缓过神来，看清眼前这一幕，她吃惊道："这是怎么了？我们这是在哪？"

看到布的妮醒过来，蓝水竹急忙说道："好姐姐，我不是有意对你下手的。但是你要阻止陆孟师兄，他不能再回到雷神庙了，我阿哥会杀了他的。"

"这是怎么回事？"这没头没尾的话让布的妮如坠迷雾。

"她给你下药了呗！"

"下药？"这两个字令布的妮茫然，转头在四周环顾一圈，"这是三岔口？"布的妮问道。

陆孟选的这个山坡正是一道三岔路口的分支处，这是回村必经之路。往东是一处山坳，一条清幽的河流沿着大山脚下蜿蜒而去。往南是进思妙村的路，穿过绿油油的稻田与花果林，里面就是他们的村子。往北却是一望无际的密林与山峦，那里便是被族人称为禁地的迷雾森林。因为路在这里分为三个岔路口，因此也被村民们称为三岔口。

"我们先进村吧？"回到这里，布的妮的心便着急起来，她想尽快见到阿爹阿妈。离开这么久，也不知道他们现在怎么样了。布的妮扶着树干想站起来，不想脚下一软又跌坐下来。

"不要小看我的药，就是药王本人在这里，你也得缓上一段时间。"蓝水竹转向章空青，脸上写满傲骄的小表情。

章空青装着没看见，心底却不得不服这药的厉害。

紧接着蓝水竹又转向陆孟说道："我阿哥只是说不给你们进雷神庙，不是不给你们回村，但是新任族长不能回村。"

"为什么不给我回村？"布的妮紧接着问了一句。

"这……这要问我阿哥，但一定都是为了你们好。听我阿哥

第十三章
重返思妙村

的话吧,他是担心你们会有危险,不会害你们的!"蓝水竹认真地说。

"我不怕!"布的妮说道。

"那我们为什么不能进雷神庙?"章空青又问道。

"阿哥说我们是布洛陀的传人,就该祖祖辈辈保护好老祖宗留下的秘密,让它一代一代传承下去。这才是羽人社守护者该做的事,你们的到来会破坏这种平衡的。"蓝水竹说道。

"食古不化!"陆孟却接了一句,"祖祖辈辈守在这大山,看不到未来,看不到前程就好吗?"

"我们羽人社就该守护圣物!"蓝水竹说道。

"口口声声说守护圣物,那圣物是什么东西,千百年来有谁见过?"陆孟说道。

布的妮看到这两人几乎要吵起来了,急忙拉住旁边的蓝水竹说道:"你们到底在吵什么?"

蓝水竹听到她说话倒把话头转向了她:"你是新任族长,你说我们作为布洛陀的传人,是不是该守护好他留下的东西?"

"嗯。"布的妮木然地点头。

这时陆孟接口说道:"那你知道你守护的是什么吗?"

布的妮木然地摇了摇头。

"可是我们的父辈、祖辈一代又一代地生活在大山里,困在这大山里,却连山外是什么样都不知道,他们就该这样被困在这里吗?这难道是我们的祖先布洛陀想看到的?"陆孟又说道。

"其实,这才是你要破解布洛陀秘密的原因?"布的妮的脑子有点乱了,她从来没有想过这样的问题。

"是!"陆孟并不否认。

"好了,现在说这些没用,接下来怎么办?"章空青问道。

"先救人!"陆孟俊逸的脸上依然透出一种说不出的坚毅。

"救人?"章空青并不理解这话的意思。

陆孟的眼睛转向蓝水竹,只是看着,却什么也没有说。

蓝水竹倒是开口了:"那外国人在我哥手上。"

章空青瞪大了眼睛,看着蓝水竹那张脸,惊诧道:"所以你说遇了这外国人,其实是你们绑架了他?"

蓝水竹看向章空青,一脸无辜地说道:"要不然呢?怎么会遇上?"

"你……满嘴谎言!"章空青只觉得自己都要给气晕了,不过他却不知是气自己那么容易上当,还是气蓝水竹在骗他们。

陆孟看着蓝水竹,问道:"都到这里了,说吧,蓝水木把人带哪了?为什么要截住这个外国人?"

"只要你不回雷神庙,我就告诉你。"蓝水竹倔强地说道。

"现在暂时不回!"陆孟说道。

谁都能听出陆孟这话里面有问题,可是蓝水竹毕竟年纪小了些,只认心中认定的事,其他事反而不会多想。只听到她说道:"阿哥说这外国人车上所带的东西是好东西,我们能用得上。还有,有这个外国人在手上,你们会有所顾忌,就会听话。"

听到蓝水竹这么说,陆孟反倒是松了口气说:"好了,这外国人看来暂时不会有生命危险了,你早这么说我们就用不着连夜赶路了。"

"那你拖住我们又是为什么?"一旁的空青问道。

"阿哥他们要搬东西回雷神庙,总要花费点时间啊!"蓝水竹看着章空青就像看傻瓜一样,好像在奇怪他怎么会问出这么简单的问题似的。

第十三章
重返思妙村

然而,陆孟听了这番话却陷入了沉默,他总觉得有哪里不对,可是又说不上是哪里不对。

"好了,不管怎么样,我们先进村吧?"布的妮说道。

陆孟的眸子转向布的妮,眼神也轻柔了许多:"能走吗?"

"嗯!"布的妮点了点头,扶着树干想站起来。陆孟转身却一把抱住她,身子一个旋转,布的妮稳稳地给他甩到背上:"还是我背你吧!"

这一幕看得蓝水竹都呆住了。

"走吧!你还要人背啊!"章空青在她背后揶揄道。

想着自己被他扛在肩上甩了一路,蓝水竹转过身,恨恨地朝章空青踹了一脚,不想却被他灵活地躲开了。

一行人就这样各怀心思地进了村。

太阳缓缓升起,穿过云层照在村子的每个角落,点亮了整个村庄。细细碎碎的阳光在蓝色的河流上闪烁,远处的迷雾森林在雨后的阳光下绿得就像一层层浪涛。此时,章空青站在村头却没有动,只是静静地看着这个大山深处的村庄。蓝水竹走在他身边,似乎觉得眼前这个人的表情有些古怪,说不出是兴奋还是失落或者是还有其他些什么东西。

这时候,蓝水竹轻轻地叹了口气,从随身带的小香包里取出一颗药丸递给布的妮说:"这是解药,吃了可以恢复些力气!"

布的妮拿着药丸犹豫地朝陆孟看去,只见陆孟轻轻点了下头,她这才把药丸放入口中。这药丸入口即化,满口生香,还带着股冰冰凉凉的甜爽,果然令人心旷神怡。稍待片刻,布的妮只觉得体内腾起丝丝暖意,身上的力量随着这股暖流回来了。

"这药好神奇!"布的妮不禁脱口而出。

蓝水竹朝陆孟得意地看了一眼,小脸一扬自己倒是先进村了。

章空青扭头看向布的妮:"这药真的这么好?"

布的妮点头说道:"这药当真是醒脑提神,虽然这小妮子有几分心计,但是我看她心地其实挺好的。"

章空青跟在蓝水竹后面喃喃道:"当真这么好?"

听到布的妮这么说陆孟也来了兴趣:"果真?"

蓝水竹撇着嘴朝陆孟翻了个白眼,一言不发地往前走了。

"你这是什么意思?"章空青快步跟在蓝水竹后面说道。

"阿妮,你能不能说一下这药入口有什么感觉?"陆孟又向布的妮问道。

布的妮抬起头与陆孟四目相对:"你怎么会对这些感兴趣?"

"药可治病救人,学一点还是好的。"陆孟讪笑道。

"只是学一点?"布的妮看着他不置可否,也不再理会他,跟着往前走,陆孟无奈,只能摇头跟上。

然而,临近村口,章空青的脚步却有些犹豫。陆孟看出他的不安,当即停下脚步问道:"怎么了?"

"我……"章空青欲言又止。

"怎么了?你倒是说呀!"陆孟看他那犹犹豫豫的样子更是急了。

"当年我阿爹是被赶出村子的,现在我这样子回来,卜妮会不会生气?"

"你说什么?岛主也是思妙村的人?"陆孟愣住了,他怎么也没想到这个在边境一带令人闻名色变的岛主竟然也是从思妙村出去的。

章空青朝陆孟皱了皱眉,看他的眼神多了几分不解,问道:"当年药王离开思妙村不是一个人走的,你不知道吗?"

第十三章
重返思妙村

"不知道!"陆孟直愣愣地说道。

章空青无奈地叹了口气说:"我该说你是聪明还是白痴?"

"喂,这些前朝旧事,没人说谁懂?我又不是神仙。"

"好了,不跟你扯这个了,我就这样子回来,卜妮会给我进村吧?"章空青又问道。

陆孟一听原来他是担心这个,道:"当年的事是你阿爹他们的事,这和你无关。再怎么说你们也是壮族人,都是布洛陀的后人,哪有自己的族人回家不给进的道理?再说了,新任族长还在这里呢!"

走在前面的布的妮听到他们说话,接口说道:"自己的族人要回家,哪有不给进的道理?"

虽然章空青有点忐忑,但还是慢慢往前行。然而,这时候布的妮却发现走在前面的蓝水竹每走一段就把路边的茅草打个草结。布的妮路过草结的时候,故意放缓脚步把草结指给陆孟看,陆孟却只是无奈地摇了摇头轻笑道:"这小姑娘!"

布的妮也跟着笑了说:"她可比我细心多了!"

走在他们身后的章空青看到蓝水竹这一举动,反而感到有点困惑。虽然他也是壮族人,但由于是在外面长大的,对于族中习俗多有不解。章空青指着草结问陆孟:"这是做什么?"

陆孟轻笑着解释:"壮族是个崇尚大自然的民族,他们敬重山、敬重水、敬重每一棵花草树木、敬重每一只动物,崇拜太阳、月亮、星星。蓝水竹这么做是告诉这里的草木神,村子有人进来了,让他们放行。"

"哦?真好!"章空青看着远处那烟雾缭绕的村庄,重叠的青山也跟着会心地笑了。

当古老的舞蹈重新跳起,当铜鼓的声音在大山之间回响,就是与远古对话的开始,读懂了,你就打开了远古的文明。

第十四章 祭祀之舞

然而,进了村却异常安静,风在这里陡然变得尖厉,就连阳光似乎也跟着变冷。这时布的妮似乎感受到了什么,只觉心底传来一阵阵悸动:"鼓楼!"她说完两个字后便觉得头晕目眩,一头栽了下来。

"阿妮!"随着陆孟的一声惊叫,他在布的妮即将倒地前一把将她抱住,一双眸子狠狠地转向蓝水竹问道:"你又做了什么?"

这一次蓝水竹也是满脸惊诧地说道:"我什么也没做!"

"你哥在哪?"陆孟的声音更冷了。

蓝水竹把头摇得跟拨浪鼓似的,说:"我不知道!"

"带我去鼓楼,快!"布的妮倚在陆孟身上有气无力地说道,冥冥中她似乎感受到有一股奇怪的力量在召唤她。陆孟将布的妮背在身后,快速向鼓楼

第十四章
祭祀之舞

方向飞奔而去。这一刻,他也感觉到,似乎有一种神秘的力量将他的魂从身体里丝丝缕缕地抽了出去。

鼓楼在村子的另一头。那是一座明代仿唐的三层建筑,全部为木质结构,四角的飞檐挂有铜铃,随着山风吹起,"叮叮当当"的铜铃声随风四散,似乎时时刻刻在召唤着族人。鼓楼隐匿在一片浓密的树林中,林中云雾缥缈,远远望去,鼓楼就像是一座飘浮在半空中的云顶天宫……

一行人到达鼓楼,这才明白沿路跑来,为何村子里寂静得可怕,一个村民也看不到了。

所有的村民身着黑色的祭服整整齐齐地跪在鼓楼前一动不动,鼓楼的大门敞开,正中央立着一面大铜鼓。大铜鼓面前的香炉上烟雾缭绕,屋子里也跟着变成迷茫一片。

在鼓楼前广场边的一棵香樟树下还绑着一个人,正是那个外国人布朗·特尔。只见他脑袋低低垂下,一动不动地倚在树干上,若不是被绑着估计早就掉下来了。陆孟往那边看了一眼,不知道他是否只是晕了过去,生命有没有大碍。

布的妮一眼就认出那面大铜鼓就是子母鼓中的母鼓。她不自觉地往腰间摸了一下,那面青铜双面小鼓似乎感应到了什么,在微微地发烫。"把我放下来!"布的妮在陆孟耳边低声说道。

陆孟把她放了下来,依然紧紧地守护在她身边。然而,村民们看到他们的到来,似乎没有太多的意外,依然整整齐齐地跪在原地没有动弹。

布的妮强忍着身体的不适,独自一人缓缓地从村民中间走过,一直走到香炉前取过香枝,恭恭敬敬地点上祭香。这时,从大铜鼓后面缓缓走出一个身披嵌着五色花边的黑色斗篷、头缠黑色布巾的人。此人的个子并不高,古铜色的脸写满了彪悍与霸道，布巾上插着长长的翎毛，此人正是蓝水竹的哥哥蓝水木，羽人社的二当家。

"哥！"看到此人，蓝水竹失声低呼。

"他就是蓝水木？"章空青在蓝水竹耳边低声问道。蓝水竹木然地点了点头。

"恭迎新任族长回归！"一个嘶哑却又不容置疑的声音打破了这山间的寂静，随着这个声音的响起，村民们整整齐齐地伏地而跪，并同时喊道："恭迎新任族长回归！"

布的妮看着眼前这一幕却没有太多的反应，这一切似乎对她来说似乎早已习以为常，就好像这一时刻就是为了等她回来。

随着蓝水木的声音落下，不知道从哪出现了两名黑衣人走到布的妮前面恭敬地说道："请新任族长更衣！"

还没等她反应过来，这两名黑衣人一左一右将她架起，往后殿带去。还在鼓楼前广场的陆孟刚想冲过去，他身后立刻出现两名黑衣人，一把闪着蓝光的匕首悄然抵在他的腰间。陆孟转头往殿外看去，章空青的身后同样出现几名黑衣人，看来这都是早有准备了。

蓝水木看到这几人已经被制住，慢慢地走到陆孟面前，用他那破锣般嘶哑的嗓音说道："陆孟师兄，欢迎回来！十分感谢你把新任族长和青铜双面小鼓一起带了回来。为了找到这面小铜鼓还真不容易，其实，何必这么辛苦呢？我们的目标是一致的，都是想得到布洛陀的秘密。只不过，我是想把老祖宗留下的东西原原本本地传下去！而你，却要把老祖宗留下的东西公之于众，还想着把这些人带走！你是这要毁了老祖宗的根基，所以，你才是叛徒，是老祖宗的叛徒！"说到后面一句，蓝水木几乎是用尽了全身力量吼了出来。

稍停片刻,他朝殿前的蓝水竹喊道:"你去看一下新任族长换好衣服没有?还有她腰间的东西,别给丢了!"

"是!"蓝水竹木然地应了一声,直接往后殿走去。

陆孟看到眼前这一切,没有反抗,也没有挣扎,反而是听话地配合着蓝水木的一切安排。他知道,这会蓝水木不会伤害他们,因为他还要用到他们。有一点蓝水木没有说错:他们都想知道布洛陀留下的秘密是什么。

"现在我才是羽人社的首领,新任族长的守护者!"蓝水木走到陆孟身旁轻声说道。

"我从来就不想当什么首领。羽人社也好,思妙村也好,他们都是自由的人,他们要有他们的生活,而不是为了一个传说祖祖辈辈困在这大山里。"陆孟说道。

"陆孟!"蓝水木断然大喝,"师傅就不该把你送出山去,把你变成族人的叛徒!"

"我不是叛徒!"陆孟一字一顿地说道,声音依然平静如常。

"我不管你是不是,只要你跟新任族长把布洛陀的秘密解开,我就放你走,还有,你那黄头发的朋友!"

"还有件事,"陆孟淡淡说道,"让章空青他们回村,当然你知道我指的是什么意思。"

"他们是自己离开思妙村的,我没有权力干涉他们的去留。"

陆孟转动着眼睛朝蓝水木上上下下打量一番,意味深长地说道:"我知道了。"

新任族长?陆孟看向空荡荡的大殿,他知道现在必须隐忍,他需要一个机会。

约莫过了一盏茶的时间,已换上祭服的布的妮双手捧着那面青铜双面小鼓,在两名侍女装扮的女孩陪同下出现在大殿内,

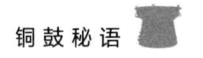

其中一名侍女手上还拿着一把天琴。

天琴是一种弹拨弦鸣乐器，有着壮族人民祈福祝愿的美好寓意。天琴琴杆雕龙纹，琴头雕成凤形、帅印、太阳或月亮形，左右各置一木制弦轴。琴筒由葫芦或麻竹筒制，呈半球状，后端镂刻花纹为音窗。竹制琴码，张丝弦。琴体各部可拆装组合，便于携带。

再看布的妮的祭服为黑色滚红边的广袖宽袍，袍面以金银双线绣日月花鸟图，腰间盘系朱红绸带；头上戴的是红色月牙帽，帽子上同样绣着日月花鸟图，帽子两边月牙角儿向上，帽檐下缀满琉璃彩珠；脚下是一双红色千层绣花鞋，鞋面绣着百花盛开图，整体显得庄重之余，又不失面对神灵的肃严。

布的妮接过侍女递来的天琴，绕着鼓楼前广场缓缓地走了一圈，路过陆孟身边的时候，仿佛就像是看着陌生人一般，她的眼睛里竟透出一股说不出的冷漠。看到布的妮，蓝水木立刻扯开嗓子唱道："祭祀开始！"

随着蓝水木的声音落下，布的妮将小铜鼓放入大铜鼓内。站在大铜鼓旁的鼓手举起鼓槌"咚咚咚……"敲响那面大铜鼓，有了小铜鼓填补空缺，大铜鼓的声音洪亮而庄严，悠远绵长……

"圣鼓合一！"蓝水木又接着唱道。

布的妮在两名侍女的搀扶下，在大铜鼓前重重地磕了三个头，然后站起来，走到大铜鼓后面，伸手往大铜鼓内的凹槽按进去。只听里面传来细微的"咔哒"一声响，似乎有什么东西被顶了出来。布的妮暗暗松开手，将手抽了出来，悄悄转头朝陆孟的方向看去。却见他脸色凝重，两手紧紧地握成拳头。

蓝水木在旁边一直看着布的妮的一举一动，看到她把手从

第十四章
祭祀之舞

大铜鼓里面抽出来便满意地唱道:"祭鼓!"

又有两名黑衣人拿着鼓槌走上前来,抡起胳膊用力朝大铜鼓击去,"咚咚咚……"响亮的铜鼓声音再次传遍山河、大地。听到这个声音再次响起,蓝水木已是泪流满面。只见他朝旁边的村民点了点头,立刻有人抱来一只黑色的大公鸡,随后又有村民去抬来猪头、鸡、鸭、水果等祭品整整齐齐摆在铜鼓前。

直到这时,布的妮才有机会细细看跪在地上祭拜的村民,却没有发现自己阿爹阿妈的身影。

"我阿爹阿妈他们在哪儿?"布的妮朝那两名侍女冷声地问道,一切太过于顺利了,反而让她感到不安。

那两名侍女却是一言不发,只是紧紧地跟在她左右。

这时,蓝水木走到她身边说:"现在圣鼓合一了,该把圣鼓的秘密拿出来了吧?"

布的妮眉头微皱说:"我不知道。"

"自古以来圣鼓的秘密只传给族长,你会不知道?"蓝水木的声陡然变得冰冷,"今天要是不把东西拿出来,你阿爹阿妈可要受苦了。不过你放心,我不会要他们的命,只是扩建雷神庙少不得要人力,他们得在那里干上一段时间的活了。"

布的妮微微抬起头看着蓝水木说道:"他们要是受到半点伤,这辈子你都拿不到圣鼓的秘密。"

"是吗?你认为你们还有机会跟我谈条件吗?不止你家的那两个老家伙,看到没有,跪在这殿前的,你一个都救不了!"蓝水木说道。

"蓝水木,你疯了!他们都是你的族人啊!"布的妮叫道。

"我得到老祖宗留下的秘密就是为了拯救天下的壮族人!现在有人反了,是他!他要带着你们离开老祖宗留下的地方,离开这座大山!"蓝水木突然指向陆孟说道,"他要毁了我们的信仰,我就是要给他看看,我们老祖宗留下的东西是多么宝贵,我们就是要在这里世世代代地守护着,我们就是属于这座大山的。"

这时,一直站着的陆孟突然高声唱道:"祭鼓起……"

这一声不但惊到布的妮,连蓝水木也不知所以然地看向这个一直没有出声的人,陆孟从旁边抱起黑色的大公鸡直接走进大殿,他向大铜鼓深深地鞠了个躬,然后把大公鸡塞到蓝水木怀里说道:"新任族长年纪尚轻,祭鼓之事还是由你主持吧。"

蓝水木愣了片刻,转身说道:"起舞!"

随着蓝水木一声令下,两名羽人社成员立刻将一套祭祀舞具端到陆孟面前。陆孟默默地看了一眼一脸愕然的布的妮,又看了看跪在地上的村民,缓缓地穿上祭祀舞衣。

换了装,他便是守护者!这一刻,布的妮也明白他的意思,缓缓地走到大铜鼓前深深磕了一个头。

鼓声再次响起,蓝水木单手拎起那只黑色的大公鸡,寒光一闪,大公鸡的脖颈已被切开,鲜血瞬间洒落在地。他用手沾起鸡血,在陆孟戴的面具上的额头、脸颊上各点一下,随后郑重地点了点头。

随着鼓点的韵律声,陆孟慢慢走出大殿,走到村民中间,如同即将出征的战士。鼓点声越来越密、越来越强,变化多端、粗犷激越的声音直上云霄。在陆孟的带领下,村民们也随之起舞,舞步奔放雄浑而热烈,刚中有柔,柔中有刚,深沉而稳健。这些古朴粗犷的舞步,传承于远古,来自于生活。

渐渐地他们把布的妮围在中间,鼓点渐消,天琴音起,布的妮衣袂飘飞,宛如仙子临凡。片刻间,她舞动长袖,在这天

第十四章
祭祀之舞

地间摇曳。琴声渐密，布的妮的身姿越舞越快，纤手流转，衣袂翻飞，整个人犹如一朵盛开繁花，闪动着美丽与热烈，却又遥不可及。

不知道什么时候，章空青靠近了大铜鼓，他定眼看去，发现颤动的大铜鼓上出现一些细细密密的线条。此时，站在一旁的蓝水木也发现章空青正痴痴地看着大铜鼓，他也跟着看过去，发现原来光滑的鼓面上呈现出的线条似乎是一幅山水古画，画面正随着天琴舞的韵律在变化。他突然明白了，青铜双面小鼓是开启机关的钥匙，打开的密码却是天琴舞的韵律。随着舞曲散尽，鼓点声落下，大铜鼓上出现的线条也随之消失，只留下光滑的鼓面。

此时的蓝水木发现了这一变化，突然像疯了一样抓住章空青吼道："刚才出现的是什么？快说！"

陆孟停下舞步，看着蓝水木，一把将脸上的面具摘下，快步走进大殿，朝蓝水木喝道："放开他！"

蓝水木看到陆孟走到跟前，立刻丢开章空青，指着陆孟疯狂大喊："快！击鼓，你把刚才的舞再跳一遍！"

陆孟双眉紧锁，不再说话，眼睛盯着已经发狂的蓝水木。

"说，刚才大铜鼓上显现的图纹是什么？"蓝水木吼道。

"我刚才什么也没看见，怎么会知道？"陆孟淡淡地说道。

蓝水木一把拽过章空青："你说，你刚才都看见了。"

此时的章空青却异常冷静，说道："我是看见了，可是没记全。"

"那就重新来一遍！"蓝水木狠狠说道。

陆孟看着蓝水木，平静地说道："不用想了，机关一旦打开大铜鼓隐藏的秘密便毁了，从今往后这大铜鼓里隐藏的东西再也没有了。"

"那你告诉我,刚才大铜鼓上显现的图纹是什么?"

"我说了我刚才什么也没看见。"陆孟轻蔑地笑道。

蓝水木被彻底激怒了,朝着众人疯狂大喊:"找不到布洛陀的秘密,所有的人都得陪葬!"

陆孟没有理会蓝水木,转头往布的妮看去,却见她脸上写满了困惑和不解,似乎是想起了什么,整个人呆呆地看着铜鼓出神。

蓝水木把外国人从树上解下来,将他与陆孟一行人关进鼓楼大殿,并将其他村民困在大殿前,由羽人社的人看管着。

殿内众人静静地看着蓝水木像只斗败的公鸡在大殿内不停地走来走去,眼睛却始终死死地盯着大铜鼓,嘴里嘟囔着:"是什么,到底是什么?!"

当大家把注意力集中在蓝水木身上的时候,谁也没想到一直默默待在角落里的蓝水竹突然拿着一把匕首冲上前来,抵在布的妮的脖颈下,冷冰冰地说道:"大铜鼓上显现的图纹是什么意思?"

这突如其来的变化让疯狂的蓝水木也呆住了,他缓缓转向蓝水竹,问道:"水竹,你做什么?"

"我在一旁看得清清楚楚,新任族长肯定知道大铜鼓上显现的图纹是什么意思。"蓝水竹一字一顿说道。

"你怎么知道?"蓝水木看着自己的妹妹,却无法相信她的话。

"新任族长看到大铜鼓上的图纹显现的时候,她那表情分明是知道那是什么。"蓝水竹说道。

这时,所有人的目光都转向布的妮,大殿又陷进一片寂静。

第十四章
祭祀之舞

陆孟看了一眼蓝水竹，心下不由暗暗叹气，这小丫头果真是聪明伶俐，只可惜一心帮着她那已经步入疯魔的大哥。在大铜鼓显现出图纹后，陆孟也看到了布的妮神色的变化，从吃惊到困惑再到释然，若是没猜错，布的妮应该是看懂了那图纹是什么意思。

然而，此时被要挟的布的妮却也笑着说："我一直在跳舞，怎么可能看得见？"

"别骗人了，你知道那是什么！"蓝水竹一字一顿地说道。

这时蓝水木对蓝水竹冷声说道："把你的匕首拿开，把新任族长放了，要是她知道就好办了。"

在村庄里代代相传的传说，居然是破解谜题的密码，原来一直寻找的秘密竟然是公开的。

第十五章 古老的传说

就在这时，陆孟突然笑了，朝布的妮喊道："阿妮，把你知道的都说出来吧。不管结果是什么，在这里的都是我们的族人；蓝水木，我们合作怎么样？你得到了答案，就放了这里的村民。"

蓝水木看了一眼自己的妹妹，她手中的匕首已经放下，微微一笑说道："我来这里等你们就是为了得到铜鼓里隐藏的东西，既然你们愿意合作，我又怎么会为难思妙村里的族人？"

此时，布的妮似乎也是下了决心，说道："只要你把这里的村民和我们的人都放了，我就告诉你大铜鼓上显现的图纹是什么意思。"

"好说！"蓝水木轻轻一笑，冲着殿外喊道："羽人社的人可以撤了。"转头又对蓝水竹说道："水竹，把匕首收起来，既然要合作，我们就得有诚意是吧？"

第十五章
古老的传说

蓝水竹收起匕首退到蓝水木的身边。

"好了,我的诚意你们看到了,现在轮到你们了。"蓝水木朝陆孟说道。

"说吧,是什么?"陆孟朝布的妮问道。

"是一幅画,这是一个传说,在我小的时候老族长就给我反反复复地讲了好多遍,所以看到铜鼓上显现的图纹时,我就知道那是什么了。"

"是什么样的传说?"蓝水木似乎是因为要触摸到远古的秘密,开始有点紧张了。

布的妮轻轻地叹了口气说:"其实这个传说大家都知道。"

"说,是什么!"蓝水木的声音在发颤。

布的妮没有理会他,继续轻声说道:"相传,蚂蜴女神是雷王的女儿,掌管雨水,使大地风调雨顺。有一年,壮家有个叫东林的青年,因为丧母而痛苦不堪。他听到屋外蚂蜴'呱呱呱'地叫个不停,一时烦躁难耐,就用热水把蚂蜴浇得死的死、伤的伤、逃的逃。从此,蚂蜴不叫了,天也不下雨了。世上寸草不长,民不聊生,人间便开始大祸临头。东林吓坏了,去求始祖布洛陀和他的妻子姆六甲,得到神谕应向蚂蜴女神赔礼道歉。于是东林赶紧在大年初一敲起铜鼓,请蚂蜴女神回村过年,又请了上千人为死去的蚂蜴送葬。此后,人间又得到蚂蜴女神的保佑,风调雨顺。铜鼓上显现的画面就是敲鼓祭请蚂蜴女神回村的画面。"布的妮幽幽地叹气。

听完布的妮的讲述,众人陷入安静。

谁也没想到,千百年来铜鼓隐藏的秘密竟然是一个传说,这不得不让人惊叹老祖宗的智慧,这算不算是一个公开的秘密?

然而,此时陆孟的眼睛紧紧地盯着悬挂在大殿中间的铜鼓,脸色阴晴不定，眼里透着茫然。"雷神、族长、蚂蜴……"陆孟嘴里喃喃念着，突然他转向朝蓝水木说道，"水木，我们在雷神庙的时候，师傅总是说要我们好好守护族长和姆六甲对不对？"

"是，这有什么问题吗？"蓝水木困惑地反问。

陆孟又说道："你还记得每年药王节，师傅都会主持祭祀始祖母姆六甲，他为什么会选这个日子？"

"这有什么奇怪？这些不都是老祖宗传下来的吗？"蓝水木反问道。

陆孟脸上的疑问越来越浓，他的脑子在飞速旋转，似乎感觉到自己已经触摸到问题所在，却又好像是忽略了什么。略停片刻，他缓缓扫过众人，最后把目光落在蓝水木的身上说："据我所知，始祖母姆六甲的生辰是每年的阴历二月二十九日，那一天，部分地方的壮族后裔会起坛祭祀始祖母。而药王谷和思妙村祭祀的日子却是在药王节这一天，要是没猜错，这奇怪的祭祀日子是药王走了以后才有的吧？"

此时，蓝水木的脸色变得阴晴不定，空洞洞的眼睛看向陆孟，嘴唇喃喃嚅动，半天却没有发出任何声音。布的妮张口欲言，终是什么也没说。

布的妮缓缓看过众人，慢慢走向铜鼓。大殿里的人屏住呼吸看着她。布的妮走到铜鼓前，伸出那纤白的手，轻轻抚过每一寸太阳图腾，喃喃道："这罪人终究是要我当上了。"

布的妮的话让众人一片茫然。在众人的目光下，布的妮却像是用尽了全身的力气说道："老族长跟我说过，当年药王已经解开了壮族的始祖布洛陀留下的秘密，临走前他说这不是他所能触碰的东西，想要得到里面的东西，还得等有缘人。另一半的线索就在雷神庙，破解之法就是药王节祭祀。他说他犯了族

第十五章
古老的传说

里大忌,是自愿离开思妙村的。"

这时,除了陆孟,大殿内的目光又落在章空青身上。只有布的妮看着陆孟,眼神里充满了困惑。

陆孟有些恍惚,他抬头看向蓝水木,说道:"这大山已经困住思妙村的村民们几百年了,是离开还是留下得由他们自己选择吧。水木,其实你已经看到外面的文明了,不然你就不会去抢那个外国人的装备。老祖宗是活在我们心里的,而不是成为我们困守在这里的牵绊,你明白吗?"

"我听不懂你那些文绉绉的话,不过既然你想得那么明白,为什么还要把布洛陀的秘密带走?"蓝水木冷笑道。

"现在外面已经是战火四起,你知道有多少人在惦记着我们老祖宗留下的东西,思妙村已经被匪帮惦记上了,要是我们自己不先带走,指不定什么时候他们来了,那就真的是什么都没了。"

布的妮突然开口问道:"水木哥,当时从村里偷走青铜双面小鼓的人是谁?"

"我怎么知道是谁偷的?"蓝水木愕然说道。

此话一出倒是让陆孟和布的妮愣住了,蓝水木在这里设好局等他们来,他们便理所当然地认为所有的事都是蓝水木设计的。

"水木,那你怎么会在这里等我们?"陆孟问道。

"有人给我传话,说你们准备回到思妙村了,并且说你们可以破解铜鼓的秘密,要我做好准备。"

"是谁给你传的话?"

"不知道!给我的是一封信函。"

"信呢?"

"烧了，信中说看完就要烧掉。"蓝水木认真地说道。

"所以你就烧掉了？"陆孟真不敢相信蓝水木居然这么天真。

"有什么问题吗？"

此刻，陆孟听到蓝水竹的话几乎要给气晕过去了。他转身指着布朗·特尔问道："这人是你绑的吧？"

没想到这次蓝水木回答得更直接："不是！我发现他的时候，他已经被绑在树上了，信中说这个人对我有用，要好生对待。"

陆孟这回看着蓝水木的眼神简直是难以置信了，他转向布朗·特尔，问道："是谁把你带来这里的？"

布朗·特尔摇了摇头说："当时我在树林外等你的时候，来了两名黑衣人直接把我打晕了，等我醒过来已经被绑在这里的树上了。"

陆孟无奈地叹了口气，现在他总算是明白了，自己这是一步步走进别人设置好的圈套里。他看向章空青，章空青却是什么都没有说，估计此刻章空青比他更无语。

这时，站在大殿角落的蓝水竹突然喊道："慢着，陆孟，你明知道新任族长回村会引来灾难，为什么还要把她带回来？"

"什么灾难？"听到蓝水竹的话，布的妮感到有些莫名其妙。

"传说，担任族长之人，除了能驱除病患，也可能为村庄带来灾难。"蓝水竹的声音清脆却异常坚定。

"那只是传说，当不得真。"陆孟说道。

"当年药王为什么要离开村子？你不是不知道吗？师兄？"蓝水竹继续说道。

听到蓝水竹突然提到此事，陆孟的脸色陡然变冷，说道："当年的事不过是意外。"

第十五章
古老的传说

"意外？"蓝水竹仰天大笑，陡然间她那尖锐的声音划破空气，"今天你再次把意外带回村里。现在铜鼓的秘密已经破解，该用新任族长祭奠了！"

其他人看着突然像着了魔的蓝水竹，不知所措地看向蓝水木和陆孟，希望他们其中能有一个出来解释下这是怎么回事。

陆孟和蓝水木却同时陷入沉默。就在此时，一名羽人社成员从外面飞奔而来，他冲进大殿，朝蓝水木单膝跪道："社长，刚才发现一行神秘人朝迷雾森林去了。他们身上带着枪，我们不敢接近。"

"通知下去，让所有的人给我追！"听到此事的蓝水木顿时急了。

"慢！"陆孟挡在蓝水木的身前，说道："在不明白对方实力的情况下，这样追上去会让兄弟们白白受伤。"

"那你说怎么办？"蓝水木一下子没了主意。

这时，布的妮开口了："一起走吧，一定要抢在匪人之前把老祖宗留下的东西带走。"

或许从这一刻起，陆孟与蓝水木才有了真正意义上的合作。没想到这次蓝水竹倒是挺配合，一言不发地跟在陆孟后面，不过她看布的妮的眼神却多了几分恨意。

经过这一番折腾，已经是中午时分。本就阴晴不定的天空又开始淅淅沥沥地下起雨来。陆孟看着阴沉沉的天，向蓝水木问道："现在要进山吗？"他一个人可以冒险，但是不能带着大伙儿一起冒险。

蓝水木回头看了看跟在他后面的羽人社成员，竟然有二三十个人，问道："要把他们都带进去吗？"

陆孟看着身后黑压压的人群，对蓝水木说道："我们现在不清楚对方的情况,只知道他们都有枪。没必要让大家跟着冒险,让他们留在这里守护村庄吧!"

这时,章空青上前说道:"思妙村的秘密已经解开,村民们留在这里恐怕会不安全。"

陆孟看向章空青,只见他朝自己悄悄点了点头。陆孟朝章空青用唇语说了句"谢谢!"便朝蓝水木说道:"就让你的人带着村民到药王谷避一避?"

蓝水木脸色微沉,对陆孟说道:"如今也唯有如此了。"

陆孟对章空青说:"你能给药王写一封书信,说明一下这里的情况吗?"

章空青立刻说道:"我这就给师傅写信。"

说话间,大殿中的人立刻兵分两路,蓝水木叫来羽人社的一个小头领,组织村民准备迁移;而他则要跟着陆孟一行进入迷雾森林。

看着一瘸一拐走在队伍后面的外国人,蓝水木不明白陆孟为什么要把他带上:"陆孟,我们把这外国人带上是什么意思?"

"我还没问你,这外国人车上的东西在哪?"

"车上的东西我都给兄弟们运到雷神庙了,你还把他带着干什么?"蓝水木说道。

陆孟白了他一眼,拉了拉身上的蓑衣,问道:"没有这外国人,那些东西你会用吗?"

蓝水木不再说话,自顾走上队伍前头,若是在迷雾森林里迷失方向,不管是谁想再走出去那就难了。每走一段路,他们都要停下来查看是否有人跟在后面,只是这偌大的山林里除了被惊起的虫儿鸟兽,也没发现有其他人的踪迹。这不由让陆孟对自己的判断起了疑心,难道一直在暗处的人没有跟来?还是

第十五章
古老的传说

这些人已经走在了他们的前面？

阴雨天的森林变得诡异不安，陆孟一行人踩在厚厚的落叶上发出"咯吱咯吱"的声响，时不时从密林中蹿出的鸟虫小兽，倒是把走在队伍中的布朗·特尔吓得脸色惨白："你们就不能等雨停了再走吗？这里够吓人的。"

没有人跟他搭话，因为大家都明白，他们早到一刻，雷神庙的危难便会减少一分。

然而，谁也没注意到，淅淅沥沥的雨不知道从什么时候开始变得绵密起来，渐渐地山林中升起的烟雾被风一吹便在树林里弥漫开来。

众人的脚步越来越沉，脚下的路似乎也越来越远，一棵棵参天古树虬枝盘绕，缥缈的烟雾在巨大的树冠萦绕，如同仙境一般。然而，此刻陷身于仙境中的人并不好受，第一个发现不对劲的是走在队伍前面的章空青："这烟雾怎么像糖果一样，有一种淡淡的香甜？"

章空青想起在药王谷时，他曾问过陆孟：为什么毒药总是香甜诱人，让人忍不住想咬上一口，解药却苦得难以入口。陆孟回答：甜的药要命，苦的药救命呗！章空青一边想着，一边伸手在旁边湿漉漉的树叶上点了一下放到舌尖，舌头瞬间传来一阵酥麻。

章空青强压着身体的不适朝众人大喊："快停下，是黄茅瘴！"瘴气多生于山林间潮湿的地方，由热气蒸发而成，吸入过多能够置人于死地，而产生瘴气的地方往往伴有沼泽。因此很多误入森林的人，不是死在瘴气之下，就是陷进沼泽而亡。而这黄茅瘴却是瘴毒之王，可谓是毒上加毒。

好在这一行人长年生活在山区，又是以制药为生的，虽然瘴气对他们来说要不了命，但是也不得不停下脚下的行程。紧接着就听到陆孟朝章空青喊道："空青，你的清心丸还有多少？快给大家服下！"

章空青立刻从背篓里翻出一只小布袋，取出里面的药丸分给大家，突然他惶恐地喊了起来："族长！"众人一起朝布的妮看去，发现她的脸色发青，双目迷离，整个人摇摇欲坠。

"快让她躺下来！"陆孟快步冲到布的妮身边，一伸手，双指间竟多了几枚银针。他人快手更快，眨眼间就在布的妮头顶的百会、人中、谷口等穴位施上银针，封住气血，快速阻止毒血蔓延。他们都知道，只要毒血流过心脏，就是神仙在世也难救回了。

陆孟朝蓝水竹扫了一眼问道："是你下的毒？"

蓝水竹脸色一沉说道："我没有对她下毒！"

此时章空青喘着气说道："不是她，是蛇毒，族长中了瘴毒，现在又被蛇咬了，本来她血气就不足，这才严重了！"章空青一边说着，一边指着布的妮的脚腕，果然有两枚鲜红的蛇牙印，真是怕什么来什么。

听到章空青这么一说，陆孟也是惊住了，急忙摸出随身带的蛇药给布的妮喂下。这一折腾，众人把心思都放在布的妮的身上，谁也没注意到林中的烟雾越来越浓，清心丸并不能让他们完全清醒，布的妮的伤更让陆孟急火攻心。在双重的焦虑中，陆孟只觉得天旋地转，他强迫自己用残存的意识对章空青说道："我不行了，快，用银针！"陆孟意识到在这原始森林中，如果自己再倒下，等着他们的将会是一条不归路。

章空青在陆孟的合谷、膊阳池、阳谷、阳池、阳溪等穴位施下银针。随着章空青的动作越来越快，陆孟只感觉疼痛与酸麻从手掌往全身延伸，整个人像是被蚂蚁细细碎碎地咬着，虽然这感觉不好，但是他的脑袋也渐渐跟着清醒。章空青给陆孟施完针，也给自己施了一遍。

再看其他人，由于抵不过瘴毒已经瘫软在地上，此时虽然才是午后，但是阴郁的天空积满沉甸甸的乌云，从缝隙间漏下的光如同即将燃尽的蜡烛渐熄渐灭。好在陆孟在银针的刺激下终是缓缓清醒过来。

"陆孟，要救他们必须找到香樟树，燃烧樟树的枝叶，它的烟火之气可解瘴毒。至于蛇毒，我这里还有解药，只是族长能不能承受得住这双重的功效，还得看她造化。"章空青说道。

听到章空青说的最后一句话时，陆孟的心猛地抽动，痛得几乎都要晕厥过去。他强忍着悲痛，镇定地说道："空青，我去找香樟树，你留在这里照顾好他们。"

"我跟你一起去！"蓝水木也强撑着站起来说道，他长年生活在山林里，身体底子好，虽然瘴气也给他的身体带来了损伤，但是比起其他人，他还是好得多。

"不！你留下来，这里需要人保护，我会把香樟叶带回来。"陆孟说道。香樟树一般生长在海拔1800米以下的山坡或沟壑之中，含有丰富的挥发性油脂，具有浓厚的特殊香气。这种香气可以随风飘散，寻找它们最好的方法就是沿着香气飘来的反方向行走。自小在迷雾森林中长大的陆孟自然是熟知香樟树的特性，他屏住气息，沿着沟壑方向行走，然而空气中的瘴气和杂草的气味严重干扰了他的嗅觉，他渐渐陷入恍惚。

古老的世界与现代文明的纠缠，在这一刻竟然充满了和谐，仿佛它们在相视而笑。可是，在这浩瀚的岁月中谁又是被谁隐藏的？

第十六章 被隐藏的过去

也不知道过了多久，陆孟只觉得耳边传来一阵"叮叮当当"的铜铃声，声音厚实而沉远，仿若从天边飘荡而来，铜铃声入耳，脑子里的混沌瞬间清醒不少。他转眼望去，在那层层叠叠的云雾中，雷神庙如同挂在天上的神殿，在天地间沉沉浮浮。屋檐下挂着的铜铃，随风摇摆，清远、厚实的铃声似乎在召唤着天地间的生灵。然而，此时的陆孟心中就像打翻了五味瓶，怎么也想不起来自己是怎么躺在这里的，自己不是去找香樟树了吗？

陆孟转头再看，蓝水木兄妹、布朗·特尔就躺在自己身边。在他们不远的地方，还燃着一堆篝火，一股特殊的香气从火堆里冉冉升起，随着空气在他们身边缓缓萦绕，这火堆里加了香樟树枝，看来这点火的人知道他们中了瘴毒。其他人也在香气中渐渐苏醒，看到眼前这一切，他们都困惑地看向陆孟，

第十六章
被隐藏的过去

而此时的陆孟神情恍惚，满眼迷离地盯着宛如挂在天上的雷神庙。这时，陆孟环视一圈却没有看到布的妮的影子。

"新任族长呢？"蓝水竹发现布的妮不见了，惊慌地喊了起来。

陆孟摇了摇头，摇摇晃晃地站了起来，朝雷神庙走去："有人把我们带过来了！"他的声音沙哑，如同吞下了灼热的炭火，"也把阿妮带走了！"

雷神庙建在山腹的凹地上，是一栋三层八角圆形的木质结构建筑。庙门前立着两尊身上长满青苔的石狮子，外墙上的红漆有些在岁月中脱落，而墙上的，已成为那斑斑驳驳的光影。这里很安静，陆孟推开吱呀作响的庙门，空荡荡的大殿只有雷神像在无声地注视着他们。墙壁上残缺的壁画已经脱落，陆孟不用看也知道它们记录的是布洛陀与姆六甲创造大地生灵的故事。

在陆孟的推测中，既然对方已经懂得布洛陀留下的另一半秘密就在雷神庙，为什么这里会空无一人？雷神庙并不大，不到半盏茶的工夫，一行人便将殿前殿后走了一遍。厨房里的生活用品还在，卧室里的东西虽然叠放整齐，但是已积满灰尘，看来这里很久都没有人到过了。回到大殿，供奉在大殿中的黑脸雷神像依然高举雷神棒，圆目怒睁，高高在上地俯视着他们。

陆孟终于忍不住了，冲着空荡荡的大殿吼道："阿妮……"

然而，回答他的只有那空荡荡的回音。陆孟跌坐在神殿的门槛上，这一刻，他的心从来没有如此空过……

他知道，既然有人把他们带到这里，那人定然不会伤害布的妮，可是对方是什么人，为什么要这样做？他却想不明白。陆孟再次环视四周，突然，他发现一个问题，蓝水竹说他拦截了布朗·特尔的设备，设备？

"水木，你为什么要拦截布朗·特尔带来的设备？是谁让你这么做的？"

蓝水木愣了一下，他没想到陆孟会问这样一个问题，喃喃道："我也不懂，有人传信给我，说要想破解布洛陀的秘密，就必须拿到这些设备。"

陆孟转向布朗·特尔，心里却腾起一个可怕的念头。在他们苦苦追寻铜鼓秘密的时候，已经有人在为这秘密做好准备了。

这些设备是岛主叫布朗·特尔准备的，都是些潜水、登山要用到的东西。蓝水木接到传信后，让蓝水竹在半道上把布朗·特尔截了，并让手下人把设备先运了进来。可是，岛主既然已经破解了铜鼓的秘密，为什么还要让章空青跟着自己，却又送传信给蓝水木，让蓝水竹去拦截自己的东西？岛主做这些事不是自相矛盾吗？难道不是岛主做的，而是另有其他人在背后操纵这一切？

陆孟看向章空青，章空青却像个好奇宝宝一样围着雷神庙到处转悠。布朗·特尔坐在墙根下，眼睛跟着章空青游走，蓝水木兄妹俩却是一脸迷茫地看着陆孟。

眼看天色已晚，他们到厨房看看还有什么吃的东西。到了厨房，他们发现里面有米面、蔬菜等，而且蔬菜都是新鲜的，看来是有人故意把食物放在那里。

"是什么人啊？倒真是体贴！"蓝水竹满肚子的怨恨与委屈却无从发泄。

"水木，你们离开雷神庙的时候有没有发现这里有可疑的人？"陆孟想了一会，向蓝水木问道。

"我跟水竹离开这里的时候，羽人社的人都在，没发现可疑

第十六章
被隐藏的过去

的人。"蓝水木说道。

"羽人社留守在这里的有多少人?"陆孟问道。

"大概有12个人。"蓝水木回道。

"那怎么又全都离开了?"陆孟问道。

"我们收到消息,说你们准备回到思妙村了,大家都知道只有你们才能解开铜鼓所隐藏的秘密。大家守护这么久,都想知道那是什么,所以就一起出山了。"蓝水木说道。

"所以,你们在思妙村的时候雷神庙是没有人的?"陆孟追问道。

"是。"蓝水木肯定地说道。

"那你们在思妙村等了多久?"陆孟问道。

"半个月有余。"蓝水木回道。

听到这句话,陆孟的脑子瞬间炸开了,半个月前,他们还没有决定回思妙村。难道真的有人可以未卜先知?细细想来,陆孟不由得感到一阵后怕,所有的一切仿佛有一根无形的绳子牵引着他们一步一步地往前走。

"这些设备你放在哪里?"陆孟又问道。

"放在雷神像后面,陆孟,你也知道我一向脑子笨,怎么会想这些?你想到了什么就直接说吧。"

"这当中有没有这样一个可能:我们收到的消息都是假的。有人在这当中利用我们之间的关系一直在传递着假消息?"

"有人在传递着假消息?我倒是从来没有想过,那……那现在我们该怎么办?"蓝水木终于听出问题的严重性。

"还有件事,布的妮的阿爹阿妈在哪里?"陆孟问道。

"我不知道啊!"蓝水木摇头说道。

这个回答让陆孟刹那间瞪大眼睛,问道:"不是你把他们带走的?"

蓝水木摇了摇头说道:"是几名黑衣人带走了,我只是借他们吓唬你们而已。"

"你……"听到这样的答案,陆孟几乎要气疯了,"你多长点心眼行不行?"

"我……"蓝水木说了半天,也说不出个所以然来。此刻陆孟也无语了,他也知道面对这个木讷的兄弟,再指责也于事无补,自己不同样也落入了别人的圈套了?

陆孟缓缓转向众人说:"我们都错了。"

"什么意思?"章空青吃惊地问道。

"我们一直被人牵着鼻子走。"陆孟说这话的时候有些沮丧,"这个神秘人,要是我没猜错的话,是他把我们一步一步带到这里来的。"

"我被你搞糊涂了。"蓝水木挠着头说道。

陆孟眼神依然有些空洞,脑子却渐渐清醒:"偷青铜双面小鼓的人不是我派的,派人偷鼓的神秘人定是知道青铜双面小鼓的作用。现在我才想明白,它为什么会出现在海上的拍卖场里,因为有人不想让它回到思妙村,这样就没有人能解开铜鼓的秘密了。没想到阴差阳错,青铜双面小鼓被我和布的妮带回来。还有,神秘人早就知道要得到完整的信息就要用到布朗·特尔从国外带来的设备,所以才设计了让蓝水竹去拦截设备。"

现在章空青总算是听明白了,问道:"你是说偷走青铜双面小鼓,抢走设备,都是为了阻止我们破解布洛陀的秘密?"

"不是为了阻止,或者说刚开始的时候是,但是由于我们太执着,或者是发生了其他的变故,神秘人也要把布洛陀留下的东西找到。"

第十六章
被隐藏的过去

"所以把我们引了回来?"蓝水木总算是听明白了个大概。

"那现在我们该怎么办?"章空青问道。

陆孟说道:"既然这神秘人有意引我们来这里,让我们帮他寻找真相,那我们就找!"陆孟看着高高在上的雷神像,嘴角微微往上一扯,嘴角的笑容里竟多了几分邪魅。

众人看着陆孟,虽然有几分不理解,但是在不知不觉间,众人都把他当成了带头大哥,听他这么说也就没有异议,只是等着他告诉大家该怎么做。

看着众人的目光,陆孟问章空青:"空青,岛主从来没有被驱逐过,那他为什么要离开思妙村?又用这样的方式回来?"

陆孟的话一出口,在场的除章空青,其他人的脸色都一变。

"你不也一样吗?"章空青说道,"我们懂得的只比你们多一些。"

"既然你早就知道了,为什么不早说?"陆孟的声音有些愠怒。

"我说过,我们懂得的只是比你们多一些而已。但也是到此为止,我阿爹离开思妙村就是想把始祖布洛陀的秘密带走,从此不再回来。可是,思妙村隐藏的东西还是让其他人知道了,但是究竟谁是幕后黑手,我跟你是一样的,完全没有头绪。阿爹叫我跟着你学,他说有你在就不会有事。"

章空青的这番话倒是把陆孟说愣了,问道:"什么叫'有我在就不会有事?'"

章空青看着陆孟说道:"反正就是跟着你就行了。"

"我……"陆孟冲着章空青苦涩地笑了一下,这笑简直比苦瓜还要难看。

"接下来怎么办还是要看你了,阿爹只跟我讲过,要打开雷神的封印必须要用新任族长的血,至于为什么,我是真的不知道!"章空青说话的时候陆孟一直看着他的眼睛,眼里无半分闪烁,看来章空青的话不是假话。

"难怪这神秘人要绑走布的妮。"陆孟喃喃道,突然,他脑子闪过一道光,抬头朝空青问道:"你刚才说打开雷神的封印必须要用新任族长的血?"

章空青点了点头说:"不是我说的,是我阿爹说的。"

"雷神的封印?"陆孟转向蓝水竹,"之前老族长有跟你们说过什么吗?"

蓝水木想了片刻,摇了摇头。

雷神的封印?陆孟抬起头朝那高高在上的雷神像看去,只见雷神像的肤色为赭红色,圆目尖嘴,手里举着雷神棒,身后一双张开的翅膀如同一只即将俯冲而下的猎鹰,要将人间作恶之人猎杀干净,整座雕像让人看得鸡皮疙瘩都要起来了,然而,陆孟却对这座雕像看得出神。

大家不知道他在看什么,也不敢打扰,整座雷神庙里只有那架在篝火上的鼎锅在"咕嘟咕嘟"地发出响声。

殿外山风呼呼作响,吹得屋檐下的铜铃"叮叮当当"的响声一阵比一阵猛烈。夜里寻食的蛇虫兽鸟也出来了,怪叫声是一声接着一声。然而,这对早已熟悉山里生活的人来说并没什么奇怪的,但对布朗·特尔来说就不一样了。这些怪叫声宛如猫抓一般一下一下抓挠在他的心里,他终于受不了了,捂着耳朵站了起来,踉跄地走了出去。就当布朗·特尔走到雷神像前时,他的影子和雷神棒的影子奇迹般合在一起,变成了一个箭头。

"青蛙、雷神、祭祀之舞,我明白了!"陆孟看着布朗·特

第十六章
被隐藏的过去

尔摇摇晃晃的动作,一直紧锁的眉终于松开了。

蓝水木问道:"你明白什么了?"

陆孟没有说话,而是站了起来,走到布朗·特尔刚才所站的位置,火光之下,他模仿青蛙跳跃的动作,嘴里同时问道:"你们看箭头的方向指向哪里?"听他这么一说,大家的眼睛都亮起来了。只见雷神棒的影子与青蛙的影子合成的一道光影沿着雷神庙的地面延伸到了殿外长满青苔的石狮子身上。

石狮子?这一发现让众人面面相觑,雷神庙的秘密不在庙内,竟然在庙外的石狮子身上?待陆孟走过来,他们围绕着石狮子看了又看,却始终没有什么发现。

"是不是弄错了?"蓝水竹问道。

陆孟摇了摇头,回头往雷神庙里看了看说道:"一定是我们忽略了什么,你们再想想,岛主和老族长是不是跟你们说过什么?"

这时蓝水竹说道:"不是说要用新任族长的血吗?她的血有什么用呢?"

正在众人百思不得其解的时候,布朗·特尔却抬头看着天空说道:"马上要下雨了。"

果然山里的雨说来就来,还没等众人反应过来,豆大的雨点便倾盆而下,伴着肆虐的山风,屋檐下铜铃发出的声音在狂风骤雨中竟多了几分肃杀之气!

风雨下,众人都跑回庙内,陆孟却呆呆地站在风雨中一动不动地看着石狮子。

"喂,你这傻瓜,还不进来,傻待着干吗?"蓝水竹冲着陆孟喊道。

陆孟依然呆呆地看着石狮子。这时章空青也看出了不对,他走出神殿,和陆孟一起待在雨中。

"喂,你们怎么了,傻了一个还不够,还要再疯一个?"蓝水竹看着这两人的举动气得直跺脚。这时蓝水木上前拉了她一下,说道:"他们一定是看出什么来了。"

就在他俩说话间,陆孟与章空青同时朝石狮子的底座挖了起来。看到他们的动作,蓝水木和布朗·特尔也冲了出去,和他们一起挖了起来。

蓝水竹不再说话,只能呆呆地看着眼前这几个几乎是发了疯似的人。这石狮子的位置似乎要比地面低,大雨来时,地面的雨水如同溪流般往石狮子的底座流去,可是不管流了多少水进去,这石狮子的底座竟没有半分积水。在这几个人的挖掘下,石狮子的底座出现一道裂缝,里面隐隐传来"轰隆隆"的声音。

陆孟朝章空青说道:"是暗河,可暗河的入口在哪?"

"这暗河里面有东西?"章空青不问道。

"你还记得思妙村里有一个关于雷神庙的传说吗?"陆孟问道。

章空青摇了摇头说:"对于思妙村里的事,我阿爹告诉我多少,我就懂多少,其他的就不知道了。"

"我知道!"蓝水竹说道,"相传在100多年前,暴雨引发山洪,把雷神庙冲毁了,现在的雷神庙是重建的。"

陆孟点了点头说:"问题就出在这里,青铜双面小鼓里隐藏的秘密出现在几百年前,传说中隐藏着铜鼓秘密的雷神庙却在百年前毁于洪水中。想想看,洪水真的把雷神庙冲毁了吗?"

听到陆孟这么一说,众人这才恍然大悟:"原来的雷神庙并没有被水冲毁,而是被淹没在水下?"

陆孟点了点头说:"躲在我们身后的神秘人早就想明白了。"

第十六章
被隐藏的过去

"但是，我们要怎么才能找到原来的雷神庙？"章空青问道。

狂风暴雨中，一阵闷雷滚过，刹那间，天空是电光四射，交叉杂乱的闪电点亮了天空。陆孟眼尖，就在闪电划过那刻，他看到石狮子抬起来的那只脚下压着的石球的四周多了一道缝隙。

"那只石球是活动的！"陆孟朝章空青喊道。

借着闪电的余光，陆孟和章空青兴奋地将石球转了起来，可是这石球除了会转动，好像也没什么其他特别的地方。章空青看着石球，感到有点失落。

而陆孟还在独自转动着石球。既然老祖宗花了那么多的心思把线索留下来，肯定是有用意的，只是他们无法想明白而已。这时候，陆孟想到了布的妮，若是她在身边，凭着她那聪明才智定然会想出办法来。

突然，陆孟像是想到了什么，既然天琴舞的韵律能唤醒铜鼓上的图纹，那么石球是不是需要唤醒？难道真的要新任族长的血？想到这里，他急忙俯身查看，希望能找到石球上的痕迹。只是这些天来山里风雨不定，就算是石球上有痕迹也早给雨水冲没了。

这时蓝水竹冲他们喊道："你们还是进来吧，再这样淋下去，背再多的药来也不够你们折腾的！"

想想也是，眼看着雨越来越大，众人经过一路折腾也够累了，倒不如睡上一觉，等天亮再说。

然而，心里有事的人怎会睡着，陆孟坐在篝火旁呆呆地看着跳跃的火苗，布的妮那一颦一笑像放电影似的在脑海里回转，在这寂静的雨夜，陆孟的坚强与理智彻底地崩溃了。不知道从什么时候起，布的妮竟已入他的心里。想着布的妮的安危，陆孟的眼眶渐渐红了，这一刻他深深地体会到了相思不舍的滋味。

> 故事还在延续,他们还在寻找。太阳竟是指路的明灯,眼睛才是方向。

第十七章 秘密的转点

陆孟红着眼睛看着过这座不会说话的雷神庙,心里想:若是它能开口说话就好了。借着火光,陆孟抬头看那房梁、窗棂和墙壁上都有用矿石颜料画的画,都是与壮族人迁徙的历史和祭祀有关的画面。画面里,始祖布洛陀与姆六甲端坐云端之上,身后阳光万丈。巨大的铜鼓挂在半空之间,壮族人在大地、山巅上跳着祭神的青蛙舞。

看着看着,陆孟觉得有点不对劲,他把蓝水木叫醒,指着一幅壁画问道:"水木,你看这壁画是不是有哪里不对?"

睡眼蒙眬的蓝水木只是往壁画上瞟了一眼,说道:"我脑子笨,别问我这些。"

陆孟没法子,只好转向章空青,却发现章空青并没有睡觉,而是双手抱在膝上,眼睛也在看着壁画。刚才陆孟跟蓝水木的对话他都听到了,看到陆

第十七章
秘密的转点

孟转向他,没等陆孟开口他便说道:"不要看我,我也看不明白。"

陆孟不再开口,他默默地去厨房抱来一捆干柴,正想坐下,却看到那火光正好印在雷神像的眼睛里,雷神像仿佛活过来一般,似乎他也在看着壁画上的始祖。恍惚中,陆孟似乎听到了布的妮的笑声:我们是崇拜自然,信奉太阳的民族!

太阳!陆孟兴奋地把章空青拉了起来说道:"太阳,是太阳!"

章空青问道:"你是不是发现什么了?"

"太阳!"陆孟指着壁画上的铜鼓说道:"你快看,铜鼓上的太阳的位置对着的方向是始祖布洛陀。"

"这是朝拜!"章空青说道。

"太阳是圆的,铜鼓是圆的,铜鼓上的太阳也是圆的。"陆孟说道。

"这又说明了什么?"章空青问道。

陆孟拉着章空青往殿外的石狮子走去,指着石狮子脚下踩着的石球,说道:"这石球可能代表太阳,但是太阳怎么会被石狮子踩在脚下?"

"石狮子脚下不是都踩着石球吗?"章空青问道。

"石狮子守殿门,这是汉族的习俗。壮族的太阳是要升上天空的,将太阳放在石狮子脚下又让雷神像指出方向,这里面会没有秘密?"

"可是,刚才我们查看过,这就只是一个普通的石球,雷神像告诉我们的只是这下面有暗河而已。"章空青无奈地说道。

"告诉我们有暗河,却没有说暗河的入口在哪?这不对!"陆孟摇头说道。

"或许我阿爹知道，可是他就是不说。"章空青喃喃道。

"岛主？"陆孟看了看石狮子，又看了看雷神像，再转头看过那房檐下的壁画，似乎是想到了什么。

"你好好想想，岛主跟你说过什么吗？"陆孟问章空青。

"我阿爹要是知道，还会让我跟你在这迷雾森林转悠？"

"那神秘人是怎么知道的？"陆孟又自问了一句。

"你怎么知道神秘人已经找到入口了？"章空青问道。

"如果神秘人进了密道，入口必定在这附近，而我们连他的一点痕迹都没发现，所以他肯定是找到了入口，并且已经先进去了。既然他能引我们到这里，入口肯定就在这雷神庙里面。"

"可是这入口到底在哪呢？"章空青环视四周依然没有任何发现，"既然把我们引来，要跟我们合作，为什么不直接带我们进去，把我们晾在这里干什么？"

"估计是考验！"陆孟冷笑道。

"考验？"章空青问道。

陆孟点了点头，冷笑道："如果我们连入口都找不到，那么接下来他也用不上我们了。"

"可是这里我们已经里里外外地看了几遍，确实没有什么特别的了。"章空青说道。

陆孟朝章空青微微一笑说："有句话怎么说来着？聪明反被聪明误，我们找不到入口，是因为我们想得太多了。其实，雷神庙的秘密在我们进庙的时候已经告诉我们了。"

章空青听到陆孟这话顿时愣住了，问道："你在说什么？"

"来！"陆孟拉着章空青站在石狮子旁，背对着庙门，"你从这看过去，什么都不用想，第一眼看到的是什么？"

此时，他俩这一番举动也把庙里的众人惊醒，一个个正满

第十七章
秘密的转点

脸困惑地看着他们。

"看到雷神像。"章空青说道。

"还有呢?"陆孟提醒道。

"还有画在墙上的光圈,这有什么奇怪的,神像的背后不是都画有光圈吗?"说到这里章空青也愣住了,"光圈?太阳?"陆孟点了点头。

"密道的入口就在这面墙里?"章空青惊讶地喊道。

陆孟再次点头说:"老祖宗留下这么多线索,其实就是告诉我们,秘密藏在太阳里面,密道的入口就在雷神像身后的光圈处。石狮子其实是个坐标,我们只要站在它旁边就会发现其中的关联。"

蓝水木性子急,听到他们对话,迫不及待地冲到雷神像背后的墙壁前,用手敲起来,没一会儿果然听到"卟"的一声,就听他兴奋地喊道:"这里面是空的!"

众人急忙上前,只是稍用力一推,那面墙竟向后倒塌,墙面一倒,一个仅容一人弯腰通过的洞口便出现在众人的眼前。洞口一开,一股冷风带着湿漉漉的水雾扑面而来,随之便是潺潺流水之声。

"这下面果真有暗河!"章空青说道。

"管它有什么,先进去再说。"蓝水木说着从神台上抽出几根巨型蜡烛当火把率先弯着腰钻了进去。众人也学着他,一个接一个往里钻。

这是一个如同斜坡一样的山洞,洞壁两边潮湿而黏滑,在烛光的映照下,洞壁上的石头闪着点点金光。

"这是什么?"蓝水竹伸手抚过那发着金光的石头问道。

"石英石!"回答她的是布朗·特尔,"是火山爆发时形成。"

"这里是火山?"蓝水竹又问道。

"几百万年前或许是!"布朗·特尔说道。

"前面没有路了。"蓝水木借着烛光看着河流渐渐消失在脚下深幽的黑洞说道。

"沿着河道走,总会有出口的。"陆孟看着渐渐变细的河水轻声说道。陆孟想起自己小时候跟着阿爹在大山里采药,阿爹就会跟他说,在山里要若是迷失了方向,就跟着太阳走,太阳升起的地方就是东方。看不见太阳的时候就跟着大树走,每一棵树总是有一半树叶浓密,一半树叶稀疏,树叶长得浓密的那一半就是东方。若找不到出路,就跟着流水走,水永远往低处流,它会找到属于它的江河湖海,跟着水走,就能找到出路了。

"阿爹,那人的江河湖海在哪?"

"阿孟,我们的祖先布洛陀就是我们的方向,跟着他走,我们就会找到属于我们自己的江河湖海。"陆孟的脑子里想着,脚下却没停,顺着地下河道继续走了一会,洞内流水的回声越来越大。

这时,走在中间的蓝水竹停住脚步,不停地四处张望,她这一举动自然引起众人的疑惑。

"水竹,怎么了?"蓝水木问道。

"有风,你们听,好像有人在说话。"蓝水竹轻声说道。

众人急忙屏住呼吸,果然洞内多了丝丝凉风,隐隐间还听到有人低语。

"应该是快到出口了,大家小心!"陆孟低声提醒。

果然,在拐了个弯后,黑暗的洞壁映出点点银白色的星光,随着灌进来的风越来越大,白色的光点渐渐变成一片银海,涓涓细流水变成了飞流直下的瀑布。他们站在一垄巨大的山崖上,

第十七章
秘密的转点

眼前一片开阔,群峰错立,一汪巨大的山湖上水雾氤氲,这里完全没有了迷雾森林的阴郁与肃杀。

还没等他们感叹这旖旎风光,就听到一声声沙哑的叫喊:"陆孟……陆孟……不要过来……"这是布的妮的声音。

众人沿着声音传来的方向看去,就在他们右侧的山岩缝隙间有一处灌木林,林中人头攒动,四处散落着不少帐篷。在这灌木林中,有一片空地,只见布的妮的双手被反绑着,躺在地上,嘴角已渗出鲜红的血,看到眼前的一幕,蓝水木不顾一切地冲了过去……

"小心……"陆孟话未喊完,只听"扑"的一声,蓝水木的脚踝被一支弩箭穿透,只见他脚下一软,"扑通!"一声倒在地上,瞬间,蓝水木痛得翻滚大叫……

与此同时,林中响起一阵阵沙哑的干笑声:"欢迎光临!"这声音经过喇叭的放大,还带着"滋滋"的电流声,听起来如同尖锐的利爪,一下下抓得人都要发疯似的。

"这荒郊野岭怎么会有喇叭?"蓝水木问道。

"有种东西叫手摇电动机,懂不?"陆孟朝蓝水木瞥了一眼说道。

"大家快把耳朵堵上!"布朗·特尔大喊,这回算他知道丢失的设备在哪了。

陆孟强忍着心中的不适,冲着林中大喊:"你们是什么人,想要做什么?"

林中又传出一阵狂笑:"你们来得比我预想中的要慢,既然到了,就过来吧!"接着,隐匿在树林中的喇叭里又传来一阵刺耳的怪笑,随后便是一阵接一阵、忽大忽小的电流声和喧杂声。

"陆孟,必须想办法把这声音关掉,这些声音会扰人心智。"

布朗·特尔朝陆孟喊道。

"我真不明白,你都弄了些什么东西过来?"陆孟忍不住骂了一句。

"你不是说要进森林吗?这是驱逐森林里的鸟兽用的。"布朗·特尔回了一句。

陆孟突然想到了什么,朝布朗·特尔问道:"你不是说过这些设备只有你会用吗?这是怎么回事?"

"我怎么知道,看来用这些设备的人同样受过训练。先不说这些,长时间听这些声音,人会疯掉的。"布朗·特尔急切地说道。

陆孟往树林四周环视一遍,林中绿涛涌动,脚下悬岩万丈,他们站的地方除了往前走已经没有别的路了。受伤的蓝水木还在忍着剧痛往布的妮他们所在的方向爬去。

"空青,水木需要救治,一会我找个理由送你过去。你先救人,我们再想办法救你们。"说完,陆孟又朝天空喊道:"我不管你们是什么人,既然是在等我们,那就是有着用我们的地方,这样吧,我们一起合作怎么样?你想要什么我们帮你,而我们只要救人,怎么样?这生意划算吧?"

喇叭里又传来一阵怪笑:"谈合作要有资格的,你们凭什么跟我谈?我在这里等你们只是……"声音到了这里突然又变成一阵"滋滋"的电流声。

陆孟回头一看,只见蓝水竹爬到一棵树上把一根电线切断了。这一刻,陆孟也想到了,指着另一棵大树对蓝水竹说道:"水竹,那树冠里也有一根电线,把它也切断。"

"嗯!"蓝水竹嘴里应道,手脚的动作也不慢,她三两下就爬到了陆孟所指的树冠,果然看到浓密的树冠下藏着一根电线

第十七章
秘密的转点

和一只被涂成绿色的喇叭，若不细看，还真看不出来。蓝水竹用匕首切断电线把喇叭扔了下来。陆孟的眼睛则紧紧地盯着树冠的四周，他怕再有冷箭射出。

这时，树林的另一侧又响起了那怪笑："陆兄弟果然好眼力，不用搞破坏了，这不是对付你们的，是驱兽用的，要谈合作就过来吧。"

陆孟朝章空青点了点头，又朝树冠喊道："你先放我们过去救人！"

"那是误伤，别放心里去！"对方说完，树林里瞬间陷入一片寂静。

陆孟一行人迅速往树林中间的空地跑去，章空青和蓝水竹将蓝水木扶起查看伤势。陆孟则跑过去将绑在地上的布的妮解救出来。仅仅一夜未见，布的妮原本红润的小脸变得异常惨白，嘴唇干裂，看到陆孟，她勉强撑了起来，委屈地哭道："你怎么现在才来？"陆孟伸手轻轻地将布的妮脸上的泪拂去，把她紧紧地抱在怀里说："不要怕，有我在。"

或许是得到了安慰，布的妮惶恐的心这才慢慢地平静下来，在他耳边无力地说道："陆孟，我们都上当了！不过我阿爹阿妈还在对方手上，我必须去把他们换回来。"

"你不能去！"陆孟咬着牙吼道。

"我对他们还有用，他们不会对我怎么样，先救蓝水木。"布的妮挣扎着站了起来，朝陆孟深深地看了一眼，终是摇摇晃晃地离开……

"阿妮……"陆孟轻轻地唤了一声，还没待他说话，那如同公鸭般的声音又从四面八方传来："这人你们也看到了，接下来该谈谈合作了吧？"

陆孟大声喊道:"既然有心合作,那就出来吧,躲在暗处装神弄鬼算什么?"

"陆孟,其实我也不想为难你们,但合作之前我得确认一下你们有没有合作的资本,对不对?"

"你什么都没说,怎么知道我们没有资本?"

"这话说得也对!"

对方的话音刚落,只听空中传来"咚咚咚……"一阵密集的鼓声,空气中飘出一股莫名的甜香,随着香气而来的是一阵阵浓烟,浓烟之下那浓密的树冠竟发生了奇怪的变化。

远处的山不见了,只见一栋百丈高楼宛如天上宫阙,阵阵仙乐传来。一位肤白貌美的女子手执羽扇,领着一队美人捧着美酒佳肴和稀世珍宝款款走来,再看那女子,长相竟和布的妮一模一样,那女子轻轻地走到陆孟面前,美目盼兮,红唇轻启,声如流莺:"我已列仙班,特来接你同乐!"

陆孟只觉头痛欲裂,明明自己刚才还在树林当中,怎么眼前会出现如此奇景?有问题!他心下虽明白,但无奈手脚无力,眼看那个女子就要拥上前来,他狠狠地咬住自己舌尖,疼痛与咸腥味一起袭来,让他神志清醒了不少。定眼再看,那里还有什么奇幻仙境,就连那片树林也没有了。陆孟一行人依然待在一块大崖石上,四周都是山岩,低矮的杂草随风摇摆。蓝水木不见了,章空青倚在一块大石旁直喘气,蓝水竹和布朗·特尔已是昏迷不醒。

回过神来的陆孟急忙走到章空青跟前,问道:"你没事吧?"

"背篓里还有颗清心丸,快拿给我。"章空青喘着气说道。

"这是迷烟,里面含有致幻、有毒的东西,吸入多了会让人癫狂而死,这是有人故意放的,清心丸只能撑一时,解不了这

第十七章
秘密的转点

个毒。"陆孟说道,"没想到这些人竟然会在洞口放迷烟。"

陆孟朝天空望了望,说道:"屏住气息,要不了多久就会起风,山风一来迷烟便消了。"少顷,山林间果然起了风,那迷烟被吹散了不少。稍待片刻,众人都缓过神来了,不过每个人都疲倦不堪,手脚无力。

蓝水竹发现自己手脚无力坐在地,"哇"地一声哭了起来:"我这是怎么了?"

"你不是喜欢玩迷烟吗?咱们这是遇到大行家了!"陆孟强忍着头晕目眩,眉心渐渐拧在一起问道,"空青,你还能动吗?"

章空青摇了摇头:"我也是四肢无力!"

"你阿爹跟你说过进迷雾森林的事吗?"陆孟突然问道。

章空青想了一下,摇了摇头。

陆孟凝神再往树林看去,依然空无一人,他问章空青:"刚才你在幻境中看到什么了?"

"朦胧中我好像看到了药王谷,跟师傅在一起采药。"章空青说道。

"外国人,刚才你在幻境中看到什么了?"陆孟朝布朗·特尔问道。

布朗·特尔想了一下说道:"我看到自己回到美丽的法兰西,我的故乡普罗旺斯,在那里悠闲地喝着下午茶。"

淹没在湖底的神殿说话了，上百年来的等待终于让它所知道的秘密从黑暗中走向阳光。

第十八章　湖底的神殿

直到这时陆孟这才明白，这迷烟不但能让人手脚无力，还能诱发个人心中最向往的事，控制人的心智。对方如此强大，为什么还要引他们到此？

就在这时，那刺耳的声音又响起了："你果然挺过来了，很好！接下来，我们合作吧！"

这时，一直憋在陆孟心里的那团气终于散了，说道："你们是缩头乌龟啊，有本事出来啊，一直躲在暗处算什么？"

喇叭里传来一阵哈哈大笑："我们从来没有躲过，是你自己不小心而已。"

就在对方说话间，两名黑衣人抬着一面大铜鼓从石崖后走出来。他们正是雷神庙里的守护者——黑衣羽人，跟着他们走出来的是被绑着双手的两位老人家和一身盛装的布的妮，只见她的脸色苍白，那丰润的唇却红得像血，眼里没有半分光彩，只是

第十八章
湖底的神殿

呆呆地看着眼前的一切。

看到这一幕,陆孟终于压抑不住对着天空吼道:"你们究竟是什么人?到底想干什么?"

"陆孟,没想到你现在还会问这个问题。"这次回答他的是一个清晰的男人的声音。听到这个声音,陆孟又是一愣,因为这声音不是别人,正是在东兴镇上守护着他和布的妮的人——当年老族长救下的药商徐爷,徐会!

"是你?!"突然间,陆孟爆出一阵狂笑,几乎要把自己笑疯了,都说"螳螂捕蝉,黄雀在后",原来自己是那只蝉。

章空青见状立刻冲到陆孟的身边,拿出银针分别在他的百会穴、虎口穴施上,然后又在他的背上施了一针,疼痛立刻让陆孟从混沌状态中清醒过来。

"想救人,就要冷静下来!"章空青在陆孟的耳边低语。

在章空青的劝慰下,陆孟也意识到刚才自己一时气急攻心,差点着了道。

"原来你就这么点本事?我还高看你了!"随着声音落下,徐爷缓缓地从山崖后走出来,跟在他身后的是凤缘楼的阮娘。

看到他们的出现,陆孟竟然没有感到半分意外,问道:"你们费尽心思把我们引到这里究竟是为了什么?"

"当然是为了布洛陀的秘密了,这一次我们的目标可算是一致了。"徐爷笑道。

"想找到布洛陀的秘密,各凭本事就是了,为什么要绑架他们?"陆孟指着布的妮一行人厉声问道。

这时阮娘笑道:"这你就不懂了,我们不是告诉过你们吗?我们懂得的只是比你们多一些。要是我们直接告诉你为什么,你肯定不会来的。现在,有了他们,你就得听我们的话了,对不对？"

听到阮娘的话，陆孟感到心头猛地一跳，这话怎么那么耳熟？他看向章空青，章空青却同样怔怔地看着阮娘他们。

这时，陆孟终于明白了，这些人需要他们，这样一来，自己就有谈判的资本了。"不管你们想要什么，既然需要我们做事，就先把他们放了。"陆孟说道。

"哟！这么快就学会讨价还价了？人，我肯定是会放的，但不是现在，而是你帮我们拿到我们要的东西后，我们立刻放人。"阮娘的声音又柔又媚，说出的话却冷得像冰。

"拿什么？怎么拿？"陆孟问道。

"放心，这次是真正的合作。"徐爷说道，只见他的手轻轻一挥，那些黑衣羽人立刻敲响铜鼓。

"你们又要做什么？"陆孟厉声喝道。

"祭天舞，我要你跟新任族长一起合跳祭天舞，就在这里！"徐爷的话让陆孟愣住了，然而就在他愣神的工夫，两名黑衣羽人立刻把祭祀长袍给他套上。陆孟刚想挣扎，却看到两位老人家的脖子上都横着一把寒光闪烁的匕首，他一动，一股鲜血立刻从布的妮阿爹脖子下渗出来。

"不要！"看到这一幕，原本脸色苍白的布的妮更是被吓得连最后一丝精神气都没了，"陆孟，求你了！"她转向陆孟哭道。

"算你们狠！"陆孟乖乖地让他们套上祭祀长袍，戴上雷神面具，从黑衣羽人手里拿起鼓槌，敲起铜鼓。随着抑扬顿挫的鼓声响起，再看布的妮，她已经随着鼓点声踏起了祭天舞的舞步。

鼓声越来越大，越来越密，布的妮的舞步也越来越快，然而，就在此时，鼓音陡转，竟变得软绵柔长。布的妮的舞步也

第十八章
湖底的神殿

随之变化,祭天舞竟无原始粗犷之势,反而多了几分唐宋之韵。这突然间的变化让在场的人都呆住了,谁都没想到这祭天舞竟会有唐宋遗风。此时的布的妮似乎完全沉入这舞蹈之中,竟然开始吟唱起来,她的嗓音清脆婉转,在这青山绿水间竟如天籁之音:

> 湖海相逢尽赏音。囊中粒剂值千金。
> 单传扁鹊卢医术,不用杨高廓玉针。
> 三斛火,一壶冰。蓝桥捣熟隔云深。
> 无方可疗相思病,有药难医薄幸心。

她一遍又一遍地重复吟唱,陆孟终于听出了这词曲出自宋代赵必的《鹧鸪天·戏赠黄医》,这是怎么回事?上百年来生活在大山里的人怎么会得唐宋遗风,并通过这样一种特殊的方式传承下来?

在鼓声中,平静的湖水中间竟出现了一个旋涡,徐爷狂叫:"快!快把那个位置记下!"

看着旋涡的出现,陆孟知道,那被淹没的雷神庙出现了。可是他想不明白,这跟赵必的《鹧鸪天·戏赠黄医》有什么联系?难道这首宋词里隐藏了什么线索吗?思来想去终是无解,看来只能到水下一探究竟了。陆孟收起鼓槌,果然,鼓声一停,湖面又恢复了平静。

陆孟看着平静的湖面,脑子里却在飞速运转,说道:"徐爷,既然我们说好了要合作,你有什么线索,是不是该坦诚相告了?"

"我说过了,我们懂得的只是比你们多一些而已,有人告诉我，祭天舞是找到下沉的雷神庙位置的唯一办法。但是，新任族长唱的那首宋词是什么意思？"徐爷问道。

陆孟没想到徐爷会有此一问，他也答不出来了。"先看看水下有什么吧。"陆孟说道，这也是眼下能想到的唯一的办法了。

一夜无话。第二天一早，天边刚出现第一抹鱼肚白，石崖上的黑衣羽人便开始忙碌起来。看着这群人把一箱箱的东西扛到湖岸上，陆孟恨不得狠狠地给自己一耳光。再看布的妮他们被安置在3米开外的巨石下，旁边还有两名黑衣羽人守着，而布朗·特尔跟章空青还倚在崖石上沉睡。

"喂，外国人，这些设备可是你带来的，你说等下他们会做什么？"陆孟走过去朝布朗·特尔踢了一下，想把他踢醒，没想到这外国人没醒，躺在他旁边的章空青倒是醒了。章空青转了个身，坐起来看向陆孟说道："昨天这些人逼你们跳祭天舞就是要找出湖中藏有东西的位置，现在急着打捞呗！不过我想不明白，你们就跳个舞，湖里面怎么就会有动静？难道还是跟鼓楼一样，是鼓声的频率共振引起湖水变化？"

陆孟看着章空青说："你还不算笨，这是音频。但我想不明白的是，当年老祖宗是怎么发现这湖水跟音频相通的？"

章空青看着陆孟笑了笑说道："行了，老祖宗留下的很多东西我们都想不明白哩，还是想想等下那个'笑面虎'会做什么吧？"

"'笑面虎'？你是说徐爷？你帮他起的这个外号倒是挺贴切的。"陆孟也跟着也笑了。

"陆孟，别光顾着看我，看看那边！"章空青抬起下巴往布的妮的方向示意。

陆孟转头看去，两名黑衣羽人正向他们走来。

第十八章
湖底的神殿

临近，他们朝陆孟抱了下拳说："徐爷请您过去！"

陆孟朝他们笑了："好。"

这两人又朝装睡的布朗·特尔抱拳说道："还请布先生一起同去。"

陆孟转过头朝布朗·特尔无奈地说道："外国人，不用装了，起来吧。咱们一起过去看看，这'笑面虎'想干什么？"

布朗·特尔缓缓地站了起来，默默地跟在陆孟身后。

"我说你一个外国人不是对中华文化感兴趣吗？现在有机会一睹壮族的始祖布洛陀的秘密，你不应该开心吗？"走在前面的陆孟悄悄往后退了一下，在布朗·特尔的耳边轻声说道。

布朗·特尔看了陆孟一眼，苦着脸说道："我是喜欢中华文化没错，但是我的命更重要。"

陆孟不再说话，或许这个外国人跟他外表看起来的不太一样。他们就这样一前一后跟着那两名黑衣羽人朝布的妮走去。

然而，此时的布的妮正痴痴地盯着湖水，恍若失了神似的。布朗·特尔似乎也对这湖水特别感兴趣。

陆孟正想说话，徐爷和阮娘押着蓝水木走过来了。徐爷看到陆孟对着湖水失神，脸上布满灿烂的笑容微微抽了一下，随即说道："陆孟，其实咱俩兜兜转转了这么久，目标都是一致的。说实话，我本来是打算神不知鬼不觉地将布洛陀留下的东西带走，实在没必要惹你们，给自己找麻烦。可是你们的老祖宗也太神了，居然弄出这么多的弯弯绕绕来，这不又得委屈你们到水下看看，那里面有什么了。"

陆孟面无表情地说道："好，你们要我们做什么？"

徐爷又笑了说："还能做什么？你们到湖里面看看就行了。"说着徐爷转向外国人说道："布朗·特尔，现在该你了。这些潜水设备都是你弄来的,我们不会用,麻烦你给这两人穿上。布朗·特尔这回似乎乖得很,什么也没说,只是默默地将潜水服——为陆孟与布的妮穿戴好。

看他们穿好了潜水服,徐爷派人撑出一条竹排,将他们送到昨日湖中测出的位置。细看那处湖面,湖水竟如同片片鱼鳞,卷起片片落叶与花瓣旋转着往湖底流去。这旋涡的水并不急,隐隐映出四面峰峦,那山尖相接之处如同一个仅容一人出入的"洞口"。

陆孟朝布的妮打了个手势,意思是叫她跟紧自己,便跳进那"洞口",随后,布的妮也跟着跳了下来。

这水在湖面上看起来并不湍急,但在湖下却是另一番光景。那水中旋涡如同机车上急速旋转的发动机,瞬间便将他们往湖底拖去。

在竹排上的黑衣羽人看到安全绳如同闪电般消失在旋涡中也急了,好在安全绳快要放完的时候猛然停住了。

水下,陆孟与布的妮早已被那旋涡转得分不清方向了,若不是有安全绳拴着,估计两个人都不知道被冲到哪里去了。迷糊中,陆孟似乎看到湖底竟出现了一座宛若雷神庙形状的建筑。他急忙扯住安全绳将布的妮的身形缓住,用手指了下湖底,然后奋力往湖底潜去。布的妮跟在他后面,吃力地往湖底深处潜去,终于到达湖底,那旋涡的力量消失了,湖底变成一个静谧的水底世界。陆孟在湖底下稳住身形,用力扯了一下安全绳,这是告诉竹排上的人,他们已安全到达湖底。

长年泡在水下的雷神庙长满青苔。陆孟拉着布的妮缓缓地潜入雷神庙,庙里的雷神像依然矗立,那双圆鼓鼓的眼睛依然直视前方。陆孟游到雷神像背后的石壁,捡起一块石头敲了起

第十八章
湖底的神殿

来,他总觉得这石壁后面藏有东西,石壁是由整块巨石筑成,似乎不存在隧道之类的东西了。

但陆孟还是不死心,他调转身子,用手上的石头在石壁上胡乱刮了几下,想看看上面是不是有壁画之类的东西。然而,这一刮竟然给他刮出几行字来。一看有情况,两人急忙将覆盖在上面的青苔刮干净,石壁上显现出来的是一首诗词,诗中写道:

> 白发三千丈,缘愁似个长。
> 不知明镜里,何处得秋霜?
> 夜来幽梦忽还乡。小轩窗,正梳妆。
> 相顾无言,惟有泪千行。

看到这里,陆孟觉得不可思议,他知道这首诗的前面两句是唐代李白的《秋浦歌》,后面两句是宋代苏轼的《江城子·乙卯正月二十日夜记梦》,在这种地方出现了一首唐诗和宋词混搭的诗词,更让人感到莫名其妙。

布的妮在墙上也画了个问号,陆孟却也只能摇头。

两人再怎么看也看不出个所以然来,只能先上去再说。两人浮出水面,刚回到石崖上,还没喘过气来,便看到徐爷朝他们走过来,问道:"你们是不是发现什么了?"

陆孟回头看了看被挟持的众人,冷冷说道:"想知道答案,必须把他们都放了。"

"你在威胁我?"徐爷又笑了。

"不算威胁,不把他们放了,你们什么也得不到!"陆孟说道。

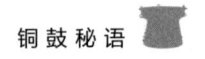

"我看你是不想活了！"他终于把徐爷激怒了。

陆孟伸手在脸上抹了一把从发间滴下的水，说道："花了那么多心思，结果却是什么也得不到，那不是更亏吗？有时候，事情之所以没有结果，不是因为事情有多复杂，而是因为人为地把事情想复杂了。只要你把他们放了，我就告诉你们答案，帮助你们找到你们想要的东西。"

徐爷缓缓地将陆孟上上下下打量一番，眼里充满了警惕与陌生，犹如面对一个即将对他进攻的野兽。"我能相信你吗？"徐爷问道。

听到徐爷的问话，陆孟倒是笑得一脸灿烂问道："你还有选择吗？"

徐爷跟着他咧嘴一笑说："有，我可以什么都不要，而你们必须一起陪葬。你要清楚，你没有谈条件的资格，更何况，我得不到，你同样也得不到，我们何必弄得两败俱伤，对不对？"说话间，只见徐爷的手微微一摆，阮娘将一把小巧的匕首抵在布的妮的咽喉上，这把匕首是陆孟给布的妮防身用的，现在却在阮娘的手上。

"好啦！不就是'识时务者为俊杰'吗？其实你留他们也没有用，从现在开始，你想要的东西只需要我跟她就够了。"陆孟朝布的妮指了指。

"好了，说吧，你都发现了什么？"徐爷紧紧地盯着陆孟问道。

陆孟看着眼前的人，嘴里一个字一个字地说道："把他们放了！"

徐爷深深吸了口气说道："放人！"

阮娘听到徐爷竟然下令放人，几乎有点不敢相信自己的耳朵,问道:"放了他们,拿什么牵制陆孟?"

"他俩彼此牵制!"徐爷冷笑道。

"我不走!"章空青突然喊道。

"我也不走!"布朗·特尔也跟着说道。

陆孟幽幽地叹了口气,默默地看着眼前这两个人,习惯于独来独往的他竟然在不知不觉间多了两位盟友。

铜鼓上跳舞的小人在无声地讲述着一个沉睡已久的故事,跟着它,你或许能聆听到来自遥远时空的诉说。

第十九章 跳舞的小人

徐爷看着他们竟然又笑了,说道:"你看,可不是我不让他们走,是他们不走的。"

没想到他的话音刚落,蓝水木兄妹俩异口同声说道:"我们也不走!"

陆孟听他们这么一说倒是愣住了,说:"你们……"

蓝水木看着陆孟冷声说道:"我确实是不赞同你的看法,但那是我跟你之间的事。现在这事既然欺负到我们族人的头上了,我不能就这样一走了之。"

陆孟朝瘫软在阮娘旁边的两位老人看了看,无奈地说道:"水木、水竹,新任族长的阿爹阿妈需你们送到药王谷,思妙村里的族人还需要你们照顾。"

蓝水木朝两位老人家看了看,又把目光转向布的妮,看到新任族长那带着担忧与悲切的目光,不由得心软了下来,说道:"好,我先带他们回药王谷。"

此时,蓝水竹看向章空青,眼里倒是多了几分愁绪……

目送蓝水木他们离开,陆孟这才转向徐爷说道:"我说!"

陆孟把在水底下看到的一切跟徐爷详细地说了一遍。徐爷听完问道:"为什么会留下一首诗词?"

"药王曾经告诉我,当年我们的先辈因躲避战乱来到这边海地区。那时候,我们的先祖同时带了一本从皇宫内院流出的《药王残卷》。先祖把壮族医药和皇帝御用的医方结合起来,写出了新的医典,救了很多人的命,让生命得到了延续。因此,为了纪念先祖和药王,后辈将两人一起供进雷神庙。可是,我们一直受到打压,先祖怕这《药王残卷》被毁,就想办法藏了起来,可是又不忍心让它就此消失,所以,便悄悄留下寻找的线索。那首诗词其实就是告诉后人,他们要寻找的宝藏就是《药王残卷》。"

"果然是《药王残卷》!"徐爷面对这样的答案似乎并没有太多的意外,"可是《药王残卷》在哪,在水里?"徐爷看着那隐于山间的一汪清池问道。

陆孟没有说话,徐爷幽幽地叹了口气,自顾自地说了下去:"好在这番努力知道了所谓布洛陀的秘密就是《药王残卷》。"

"不过,你是怎么知道《药王残卷》的存在?"这回感到困惑的是陆孟。

"其实也没什么,"徐爷叹了口气说道,"你不是说《药王残卷》是从皇宫里流出来的吗?带走的它的人是你们的先祖,可是从皇宫里把它拿出来的却是我的祖上。"

这个答案出乎陆孟的意料,不过徐爷并不关心这个,接着又问道:"不过,《药王残卷》真正藏匿的地方会是哪里?"

"我怎么知道它藏在哪里?"陆孟说道,他现在终于发现徐爷并不像表面所看到的那样慈怜,实际是他有着一颗不动声色的隐忍之心。自己竟然跟这样的人成了对手,想着都有些后怕。然而"道不同,不相为谋。"再怎么样,他们也不可能走到一起。

"没错,你确实是不知道,但是我可以告诉你,你身边这个新任族长肯定知道。"听到徐爷后面这句话,陆孟的脸色一变,说道:"你……不要动她……"

"好,我不动她,但是你,继续给我找,找不到,你的朋友、族人一个都别想活。"徐爷的声音不大,甚至带着几分平静,但无论是谁听到这样的话都会害怕。

徐爷这平静又狰狞的模样让布的妮感到胆怯,她无法相信这就是那个微笑着带她走进凤缘楼的徐爷。

然而此时,章空青突然从身上掏出一把手枪对准徐爷,说道:"只要我们都死了,谁也得不到《药王残卷》!"

看到突然间发难的章空青,倒是把陆孟吓得冷汗直冒,急忙说:"空青,不要作无谓的牺牲。"

听到这话阮娘倒是笑开了,说道:"果然是个聪明人!"

"陆孟,我们不能坐以待毙啊!"章空青说道。

"药王谷你不管了吗?"陆孟朝章空青吼道。

这一声倒是让章空青的内心变得狂乱如麻,他不知所措地看着陆孟,问道:"难道就这样任由他们欺负吗?"

眼看日已西沉,所有的一切渐渐消失在黑暗中。

"空青,我们别无选择!"陆孟拍了拍章空青的背,虽然声音里有几分颤抖,但是更多的是理智。沉默片刻,他转向布的妮问道:"为什么一定是你才能打开布洛陀的秘密?"

第十九章
跳舞的小人

听到陆孟这么问,布的妮倒是一愣,也说不出个所以然来,只是轻声说道:"我也不知道啊!族中的传说,只有新任族长才能解开壮族的始祖布洛陀留下的秘密。"

"那你是怎么当上新任族长的?"

"不是早就跟你说过了吗?是老族长临终前受命的,当时只有我跟阿爹阿妈在他身边,他这才选了我吧?"

陆孟摇了摇头说:"不对,我总觉得这事不对。"

陆孟让徐爷给他拿来纸和笔,几笔便将在水底下看到的石壁勾勒出一个大致的形状,还有几行歪歪扭扭的字,陆孟问布的妮:"你看一下能想起什么吗?"

听他这么一说,徐爷和布朗·特尔也一起凑了上来。这时,布的妮指着那些歪歪扭扭的字说道:"这字看起来有些别扭。"

"别扭?"陆孟努力地回忆着在水底下看到的情况。突然,他发现不管这些字怎么扭,都会有一个笔画指向同一个方向,陆孟终于明白了,为什么自己看到这石壁会感到不舒服了,水下雷神庙里的石壁还隐藏着其他的秘密!

陆孟沉默了片刻后,抬起头对徐爷说道:"我们还要再下一次水。"陆孟的声音很平静,却不容置疑。

徐爷立刻反应过来,说道:"给他们下水!"

"是,徐爷!"阮娘领命转身而去。

在布朗·特尔的帮助下,陆孟与布的妮再次潜入水中的雷神庙,有了第一次的经验,他们很快就潜到石壁前。陆孟朝布的妮摇了摇手,示意让她退后,自己却搬起一块石头往石壁砸去。

难道这水下的雷神庙里真的还有一条通道?布的妮不管陆孟的阻拦,也搬起一块石块砸向石壁。没想到只是砸了几下,

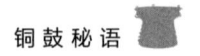

那石壁上的诗词竟然脱落下来,这诗词居然是后人糊上去的,石壁下竟是一幅如同花山岩画般赭红色的跳舞的小人图。

那一个个用粗犷、简单的线条勾勒成的跳舞的小人如同一只只欢腾跳跃的青蛙。那些跳舞的小人在水里就像活过来似的,像是在水下举办一场盛大的祭祀典礼。布的妮突然想起小时候,老族长就教她唱过一首童谣:

> 壮族始祖布洛陀,开天辟地创农耕。
> 诗经传诵真善美,圣乐长醉天地人。
> 敢壮山下拜始祖,还有母娘姆六甲。
> 他们在山上唱歌,他们在鼓里永生。

这些在水里的小人不正是抬着祭品上敢壮山祭拜的壮族后裔吗?敢壮山?绕了这么一大圈,布洛陀的秘密就在敢壮山。敢壮山位于百色田阳区百育镇六联村那贯屯,据当地人流传,很久很久以前,有一个夜晚,一道亮光从敢壮山闪现,一瞬间照亮了天空,照亮了右江盆地,照亮了八桂,一个婴儿降生了,那就是布洛陀。相传布洛陀成人后智慧超群,力气过人,德高望重,成为壮族的创世始祖,布洛陀和附近一位美若天仙的女子结为夫妻,那位女子叫姆六甲,后来成为壮族的母娘。

这时,陆孟指着石壁上的一组小人向布的妮比画起来。布的妮顺着陆孟的手势细看:走在前面的两个小人抬着一面大铜鼓向天祭拜,后面跟着的两个小人举着两面小铜鼓在敲击。大铜鼓鼓面的图纹是太阳,两面小铜鼓鼓面的图纹分别是太阳和山峰。

此时,布的妮也看出端倪,她朝陆孟打了个手势,示意先

第十九章
跳舞的小人

上去再说。在水下，他们很难沟通。陆孟用力扯了扯安全绳，船上的人很快就把他们拉出水面。

刚回到石崖，还没等他们喘口气，徐爷立刻上前问道："有什么发现？"

陆孟瞟了徐爷一眼说道："能不能先让我喝口水再说？"

徐爷不耐烦地让人递过一瓶水，问道："现在可以说了吧？"

然而，此刻布的妮却在一旁看着他，眼里多了几分顾虑。

"都说要跟你合作了，有发现自然不会瞒你。我只是不明白，你们为什么一定要找到布洛陀的秘密？"陆孟喘了口气说道。

"继续说？"徐爷问道。

"说什么？"陆孟反问道。

这时，徐爷笑道："合作就要坦诚，不是吗？"没等陆孟回答，徐爷掏出一把手枪，抵住布朗·特尔说道："现在可以说真话了吧？"

陆孟拿起纸笔，又开始画了起来。这次他完全凭着记忆将石壁上的图画在纸上，画完后他指着图说道："石壁上的那组图有问题，铜鼓有公母之分，一般公鼓厚重，鼓面的图纹为太阳，母鼓轻薄，鼓面的图纹为月亮……"说到这里，陆孟突然停顿了，他转头看向布的妮。

图上那两个小人举的两面小铜鼓果然是公鼓和母鼓，虽然陆孟想明白了这个，但是两面小铜鼓鼓面的图纹为什么一个是太阳，另一个是山峰，这说明了什么呢？

徐爷看到陆孟不再说话，头一点，阮娘立刻掏出一把黑乎乎的手枪顶住章空青的脑袋："说，不然我一个个杀！"

一直没有说话的章空青突然被人威胁倒是没有怯意，反而冷冷地说道:"不能说的话,你就是杀了我,陆孟师兄也不会说的。"

"是吗?我们试试看?"阮娘的声音更冷。

"行了,别来这套了,我说就是了。空青,这世界上命才是最重要的。"陆孟指着其中小一点的铜鼓的鼓面说道:"看这里,这里的图纹原本应该是月亮的,可现在却是山峰。再看整个画面,这些小人像不像抬着祭品往山上爬。"

"这说明了什么呢?"徐爷不解地问道。

"壮族的始祖布洛陀的诞生地是哪里?"陆孟反问道。

"敢壮山?你是说秘密就藏在敢壮山上?"徐爷吃惊地问道,没想到绕来绕去,最后要找到的地方竟然就是最开始的地方。

"好了,你总算是聪明一回了。"陆孟竟然笑了。

这时阮娘指着图问道:"既然铜鼓有公母之分,之前我们找到的青铜双面小鼓鼓面的图纹是太阳,那么鼓面图纹是山峰的那面小铜鼓又在哪里?这里献祭的是一面大铜鼓,还有两面小铜鼓,所以另一面小铜鼓在哪?"

此话一出,一直平静的布的妮脸色陡然大变。

"你们早就知道另一面小铜鼓的下落?"阮娘的声音陡然变冷。

布的妮缓缓地摇了摇头说:"我只是听老族长说过,铜鼓有公母之分,另一面小铜鼓在哪里我是真的不知道。"

阮娘向陆孟说:"陆孟,这些人就是你的死穴,你平时装得高冷,其实你的心比谁的都软。说吧,另一面小铜鼓在哪?"

这时,徐爷对着布朗·特尔问道:"是不是我们忽略了什么?"

布朗·特尔沉默片刻,只是摇头。

第十九章
跳舞的小人

陆孟心里却冒出一个可怕的念头，徐爷真的是整个事件的操纵者吗？从一开始到现在，陆孟似乎感觉到身边还有一个隐形的人在监视着这一切。说不定另一面小铜鼓就在这个人的手上，并且是这个人抹去了关于这只小铜鼓的所有痕迹，所以他们在查找的过程中完美地错过了这些信息。这人会是谁呢？

陆孟默默地扫了一眼众人，徐爷、阮娘、布朗·特尔、章空青，此时他觉得谁都有可疑，然而又说不出具体的理由。陆孟看向布的妮，发现她也在看着自己，胸脯却在急促起伏，脸色苍白，小巧的红唇在微微发抖，似乎随时会倒下。"你怎么了？"陆孟迅速冲过去，在她将要倒地的那一刻把她紧紧地抱在怀里。

布的妮在陆孟耳边轻声说道："叫空青过来。"

"空青，快来！"陆孟急忙喊道。

章空青已经跑过来了，一把脉却发现布的妮脉象稳定："这是……"这时，布的妮低声说道："你们附耳过来！"陆孟与章空青相互对望一眼，不明白此时的布的妮想做什么，"在药王谷的那个晚上，药王给我看过那面刻有山峰的鼓面图纸，并说了一句莫名其妙的话。"

"什么话？"陆孟与章空青异口同声地问道。

"要是有一天寻找铜鼓的时候，空青或许会知道。"布的妮学着药王的语气说道，"所以，我猜空青是不是知道另一面小铜鼓的下落？"

这时，阮娘也发现这三人不对劲，立刻向他们走来，问道："你们在嘀咕什么？"

章空青抬起头看着阮娘说道："新任族长在水里可能被蛇

咬了!"

"你不是药王徒弟吗,这点伤肯定有办法。"这时徐爷也走了过来,看到布的妮好像是真的受伤了,也不再多心。

这时陆孟突然看向章空青说道:"药王说过,要是受伤了可以在空青的背篓里找药。"

"在背篓里找药?"章空青喃喃道,"这老头说的是什么意思?有话直接说不就行了?"突然他意识到有点不对,朝陆孟尴尬地笑了笑。

陆孟装着没看见,继续说道:"背篓就在旁边,拿过来看一下就知道了。"

章空青轻轻点了下头,就去把背篓拿了过来。陆孟伸手翻到背篓的底部,摸到一只硬邦邦的盒子,拿出来打开一看,竟然是一面跟青铜双面小鼓一模一样的小铜鼓,鼓面的图纹果然不是月亮而是山峰。

陆孟的动作逃不过徐爷的眼睛,事实上陆孟也不想隐瞒。

"果然有另一面小铜鼓,原来就在你们手上!"徐爷朝章空青伸出手。

陆孟朝徐爷看了一眼说道:"给他吧,只有新任族长才能解开所有的秘密,他拿到铜鼓也没用。"

"哦?"徐爷低头再看布的妮,此时她的脸色比刚才更为苍白,"她真的被蛇咬了?我看只是累了。"

陆孟朝他白了一眼说道:"那可否休息一下?"

"不要给我耍花样!"徐爷冷哼了一声。

"你当我是铁打的啊。"陆孟不再理会他。

徐爷看了一会儿朝阮娘说道:"就地休息一下,尽快出发。"

陆孟没有说话,他坐在布的妮的身旁,连日来的奔走他确

第十九章
跳舞的小人

实也累了。

没想到徐爷在陆孟旁坐了下来,说:"好了,现在说说你们接下来的打算。"

陆孟一脸无所谓的样子,看着徐爷说道:"这一路不都是你在主导吗?我们能有什么打算。"

"青铜双面小鼓、敢壮山、祭祀舞,从药王谷到思妙村,再到这迷雾森林,哪一步不是你们的始祖安排好的?接下来呢,你们的始祖会做什么?我想你们这老祖宗设下这些迷踪,只是在告诉你们打开布洛陀秘密的方法对不对?圣物在哪里?"徐爷问道。

"敢壮山!"陆孟直接说道。

"敢壮山是始祖出生的地方,这是又回到原点了。你说你们老祖宗设下那么多弯弯绕绕做什么?"这一刻徐爷不但笑了,居然还笑得挺开心的。

"但是你们也知道这敢壮山有多高多大,想在上面找东西,没有线索可不行。至于怎样找到我们想要的东西,你们老祖宗一定告诉你们了,对不对?"徐爷满脸笑容地说道。

让人没想到的是,陆孟居然笑得比徐爷还要灿烂,说道:"我们老祖宗说了,做人要为善,恶人自有恶报。我说徐爷,你给自己积点德,这老祖宗的东西你就别想了。"

徐爷却长长地叹了口气说:"我也不想这样,但有些事呢,你要看结果,别半路就下结论,谁是谁非,谁好谁坏还不知道呢。"

"放心,我会等着你在老祖宗面前认罪的那天。"陆孟说道。

好了,咱们也别说那么多废话了,快说,下一步怎么走?"徐爷说道。

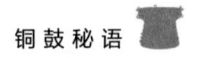

陆孟白了徐爷一眼说:"你不是都知道了吗？还要我说什么?"

"真是要往敢壮山去?"徐爷问道。

"要不然呢?""陆孟反问道。

回到了故乡的铜鼓,终于把所有的秘密带到了高山之巅。这里有山的巍峨,有水的清灵,却面对了一场血腥杀戮,人性何在?

第二十章　铜鼓在说话

敢壮山是一座充满了神话的山,是壮族的始祖布洛陀居住的地方。其实,"布洛陀"是壮语的译音,指"山里的头人""山里的老人"或"无事不知晓的老人"等意思,也可以理解为"始祖公",是流传于壮族先民口头中的神话人物,是创世神和道德神。这座山对于陆孟他们来说并不陌生,每年阴历二月十九日为布洛陀的生辰,居住在各地的壮族人大多都会回到敢壮山祭拜先祖。

陆孟领着这一行人浩浩荡荡地到了敢壮山的山脚下。这里山形奇险,怪石、溶洞众多,若是没点线索想在这里找东西还真不容易。

"你说,这些人大动干戈来这里就为了寻找一本《药王残卷》?"章空青看着这些忙着在山下扎营的人说道。

陆孟看着在山脚下忙碌的黑衣羽人,说道:"那可是国之瑰宝。"

"陆孟，你真的打算就这样给他们去找吗？"说话的人是布的妮。

"你没发现他们的目标性很强吗？几乎每一步都是层层套进，就像是经过精密计算一样。"陆孟叹着气说道。

"那又怎么样？"章空青接过话头问道。

"说明他们背后的人懂得比我们多！我们不找，他们也会找另一批人来找，到时候国宝将流失何处再也没人知道了。"陆孟顺手摘下一片树片放到唇边，一曲悠扬的壮家山歌调缓缓逸出，穿过树林直上云端。

这个时候徐爷倒是慢悠悠地走过来，冲着他们笑道："你们还挺自在啊，想出法子没有？东西究竟在哪？"这个人的声音虽柔和，可说出来的话并不好听。

"你知道的比我们还多，还来问，是明知故问吧？"陆孟放下手中的树叶也跟着他笑，甚至比他笑得更甜。

"哟，既然是合作就不该相互隐瞒了吧。"徐爷并不理会陆孟的揶揄。

陆孟脸上的甜笑更欢了，说："你在说谁呢？有隐瞒的不是我们吧？不过有件事我是觉得挺奇怪的，你们怎么就这么相信我们？"

"能不信吗？这会儿除了你们也没别人了不是？"

"说得也是！"陆孟也跟着笑道。

"不过，我还有件事不明白。"徐爷的脸色陡然一变，"这事我想了很久也想不出个所以然来，所以我过来是想问问你们的。"

"哦？还真有你想不明白的事啊？"

第二十章
铜鼓在说话

"这样吧,我给你们讲个故事。"

"讲故事?"陆孟听到徐爷这么说倒是迟疑了。

徐爷自顾自地讲开了。

"传说在很久很久前,在这山脚下有一座村庄,村里面住着一个老妇人。有一天,不知道从哪里跑来一头山猪,村民们看到都高兴坏了。合力把那山猪抓住要杀了吃肉。那老妇人看到山猪眼巴巴地看着她,眼泪流了下来,她于心不忍,于是劝这些村民把山猪放了。可是,要把到了嘴边的肉放跑,那些村民哪会同意,于是不顾老妇人的阻拦把山猪杀了,除了老妇人,整条村的人都开了荤。

到了那一夜,老妇人梦到那头山猪竟然开口跟她说话。山猪说,它本是这里的山神,在守护着布洛陀留下的宝藏。今天,村民们把它吃了,它就不能再守护宝藏了。等明天一早,它让老妇人到山上找一棵大树,把自己跟大树绑起来。到了晚上,让老妇人往那棵大树下挖,那里有一公一母两面青铜双面小鼓,那是找到布洛陀秘密的钥匙,但是只有族中的圣人才能打开宝藏的大门,一定记住了。说完这番话,山猪就不见了。

到了第二天早上,老妇人想起山猪的话,就到山上找了一棵大树把自己和树绑了起来,没想到刚绑好,山洪就爆发了,洪水把整座村庄都淹没了。老妇人因为跟树绑在一起,活了下来。等洪水退了后,老妇人就在那棵大树下挖起来,果然挖得了两面青铜双面小鼓。可是家园已毁,她只好到处乞讨,路上遇到其他逃难的族人就跟着一起走。就这样,他们到了十万大山,建起了思妙村。老妇人由感山神护佑才得以存活,便在村里建起了一座小阁楼当作祖宗祠,将那猪神供起来。百年后,那猪神变成了雷神,再后来,村里的人越来越多,有一部分人就往森林里转移，建了新的雷神庙，就这样那两面青铜双面小铜鼓也被分开了。"

"可是，族长说过思妙村是因为躲避战乱才迁移到企沙边海的。"布的妮接着说道。

"后面的都说是因为战乱迁移的，假如说是带着圣物去的，只怕早就被山匪杀了，还能延续存活几百年？"徐爷说着转向陆孟问道："为什么会有这样一个故事？"

陆孟又是冷冷一笑说："只不过是传说故事而已，哪里当得了真。"

"是传说没错，但是青铜双面小鼓是圣物没错吧？"徐爷说道。

陆孟没有接话，而是倚着山石坐了下来，脸上依然是一副不冷不热的表情。然而，徐爷的这个故事却将他埋在心里最深的一团火点燃了。

"徐爷，这故事是谁跟你说的？"布的妮突然问道。

徐爷摇了摇头说："还能有谁，你们的老族长说的。"

"好了，徐爷，你看天色将晚，今天大家也赶了一天的路了，我们先下去看看帐篷搭好没，早点休息，明天再想了。"陆孟突然站起来把一脸迷糊的章空青扯过来一起往山脚下的营地走去。布的妮看他们要下山了，也跟着往下走，反而是徐爷走到了最后。

营地里，帐篷搭好了，篝火也已经点燃。入夜，陆孟躺在帐篷里却是辗转难眠，徐爷所说的传说，他小时候就听阿爹讲过，那个时候阿爹总是会叮嘱他，要把这个传说讲给下一辈听，要一代代讲下去。他在第一次知道有青铜双面小鼓的时候就想到了这个传说，他跟徐爷一样，也把传说里的山理解为敢壮山。

第二十章
铜鼓在说话

直到徐爷重新讲起这个传说时，他突然想起那面青铜双小鼓的母鼓上隐藏的山峰图纹与敢壮山有些出入，如果不是敢壮山，那会是哪里？为什么会一而再，再而三地强调只有新任族长才能解开所有的秘密？他实在是想不通。

可是现在，那两面青铜双面小鼓都被徐爷收去，他想再看一看。想到这里，他便冲出帐篷。跟他住在一起的章空青吓得急忙从被窝里弹出来跟了过去。

只见陆孟冲到徐爷帐篷喊道："我要看铜鼓。"

睡得正迷糊的徐爷给陆孟吵醒，听到陆孟说要看铜鼓倒也不生气，他点燃一根蜡烛，披上件长袍，掀开帐篷缓缓地走了出来。虽然徐爷的动作慢，但是脑子却在快速运转，他猜陆孟定是想起什么了，要不就不会如此着急。

帐篷外，阮娘已经跟陆孟对峙了，两个人站在那里谁也没有说话。章空青正往这边跑来，布的妮听到动静也跑了过来。紧接着，营地里所有听到响动的人也都陆陆续续围了过来。

"哟，这大半夜的，人可都聚齐了。陆孟，你说什么来着，刚才没听清。"徐爷按捺住心底的情绪，可是脸上依然是一副波澜不惊的模样。

"徐爷，我就想看看那对青铜双面小鼓。"陆孟的声音满是坚毅。

"阮娘，去把铜鼓拿出来。"徐爷朝阮娘说道。

阮娘不知所以然地看着徐爷没有动。

"阮娘，刚才我说的话没听到吗？"徐爷依然平静地看着阮娘，然而手中却是寒光一闪，一缕鲜血从阮娘纤白的肩颈缓缓流下，陆孟甚至没看清徐爷是怎么出手的。

"手下人不听话，让你见笑了。"徐爷依然满脸云淡风轻。

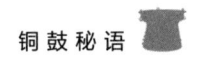

阮娘伸手轻轻抚了一下受伤的肩颈，一言不发地转身进了帐篷，从里面拿出一只方形的红木雕花盒子递给徐爷。徐爷把盒子递给陆孟，说道："青铜双面小鼓就在里面，一公一母，总算是齐了。"

陆孟一边接过盒子，一边指示章空青给阮娘那流血的伤口止血。章空青默默地上前为阮娘处理伤口，阮娘没有动，徐爷也没有发话，除了章空青，所有的目光都聚在陆孟身上。

陆孟缓缓打开盒子，一对青铜双面小鼓安安静静地躺在里面，在篝火下泛着青绿的光芒仿佛穿透了千年的时光。陆孟若有所思地看了布的妮一眼，一左一右拿起青铜双面小鼓轻轻地摇了摇，然后直接放在地上。

"你要做什么？"布的妮忍不住问道。

陆孟依然没有说话，默默地朝四周环视一遍，又抬头看了看那巍峨耸立的敢壮山，突然双膝跪地，朝敢壮山的方向重重地磕了三个响头，喃喃道："祖先们，希望我做的是对的。"

这时候在场所有的人除了安静地看着他，谁也不敢再说话，特别是徐爷，整个人因为激动、紧张而变得有些颤抖。阮娘似乎也明白即将要发生的事，她却没有激动，那双媚眼反而充满惶恐。

陆孟磕完头站起身来朝布的妮走去，说道："阿妮，对不起，我要借你的血用一下。"

"你什么意思？"还没等布的妮搞明白，陆孟已经抽出腰间的小匕首划过布的妮的指尖。血瞬间涌了出来，陆孟将血滴到两面小铜鼓上，滴完后才把布的妮的手放开。

"啪！"的一声，一个响亮的耳光落在陆孟脸上。

陆孟抬起手在热辣辣的脸上摸了一下，眼睛一动不动地死

第二十章
铜鼓在说话

死地盯着地面,一滴滴汗珠缓缓地从他发根渗出,身上的衬衣渐渐被汗水染湿。看着他这副失魂落魄的模样,所有的人都跟他一样紧紧地盯着地面上的两面小铜鼓,如果眼神可以击穿一切,两面小铜鼓恐怕早已化成碎片。

布的妮紧紧地按住指尖上的伤口,眼睛却死死地盯着陆孟,她不知道陆孟为什么要这么做,但她能预感到他做的绝不是寻常事。

果然,约摸过了一盏茶的时间,一群黑色的蚂蚁似乎是闻着血腥味爬上了两面小铜鼓。此时再看陆孟,那充血变红的眼睛睁得更大了。紧接着,血腥味又引来其他的虫子,再过片刻,一条条鲜红如血的蜈蚣不知道从哪里爬了出来,如同饿极了一样不顾一切地爬到了两面小铜鼓上。这时,小铜鼓里面也开始"叮叮当当"乱响,同时伴着"咔咔吱吱"的声音。

"血!阿妮,快!"陆孟突然朝布的妮低吼。

布的妮看了看陆孟那焦急的模样,咬咬牙,便上前松开指尖上的伤口,让血滴到两面小铜鼓上。强烈的血腥味引来了更多的虫子,渐渐地在两面小铜鼓上都布满了,那"咔咔吱吱"的声音还在响。

见此情景,章空青朝布的妮问了一句:"怎么会这样?"

这时一直没有发出声音的徐爷却随着眼前的一幕脸色变得越来越兴奋,只听他狂笑地说道:"我终于明白了,打开机关的关键竟然是虫子!陆孟,若不是有你,估计这辈子我都想不到。"

然而,陆孟却没有理会已经发狂的徐爷,双眸依然紧紧地盯着地面那对被蜈蚣和虫子爬满的小铜鼓,直到听到"咔嗒"一声,他立刻从篝火中抽出一根带火的木柴扔了过去。这时众人早已被这一幕吓呆,谁也没动,而在围观人群中的布朗·特尔反应快,不知道从哪里拎来一把火器直接往小铜鼓喷去。

猛烈的火焰将那些虫子烧得四处逃窜,阮娘回过神来,大喊:"快喷驱虫药!"

一片雾气后,这场纷乱总算停了下来。混乱中,陆孟用衣服兜起地上的两面小铜鼓,拽着布的妮,叫上章空青立刻往敢壮山上的溶洞跑去。这片地域属于喀斯特地貌,重峦叠嶂,溶洞复杂,地势险峻,他们只要进了山,想要抓住他们并不容易。偏偏此时,布朗·特尔气喘吁吁地跟了上来,说道:"你们要去哪里?带上我!"

陆孟看着布朗·特尔无奈地说道:"不跑,还等着给……"

然而,没等他的话说完,就听到一阵枪声,紧接着在他们脚下腾起一片烟雾。

"陆孟,还以为你很聪明。明知道跑不过枪,还要跑,别忘了你这一跑,思妙村可就要成为空村了。"

这番话说得陆孟心底"咯噔"一下,刚才情急之下差点把这茬给忘了。他讪讪地朝徐爷笑道:"本也没想跑,我们这不是回来了吗?"

这几个人在一排黑洞洞的枪口下磨磨蹭蹭往回走,陆孟对布朗·特尔说道:"你弄那么多枪来干吗?"

布朗·特尔一边走,一边朝他翻白眼说道:"这是管控物资,我上哪儿弄?就弄这点设备就快把我的老命给搭上了。"

陆孟朝他嘿嘿一笑说:"行啊!果然是在中国待久了,中国话都说得贼溜了。"

回到营地,徐爷朝陆孟笑道:"怎么样?你知道什么了?现在可以说了吧?"

第二十章
铜鼓在说话

陆孟抬起头看向天空，在那遥远的天际泛出一抹淡淡灰色，天要亮了，他的心里却莫名地腾起一股悲凉。说，始祖留下的东西就保不住了；不说，思妙村全村的人怎么救？他静静地看向也在看着自己的布的妮，眼眶竟泛红了，此时心中纵有万千言语只能换成一声长叹。他将用衣服包住的两面小铜鼓拿了出来，就着衣服使劲地擦了起来。不一会儿，两面被火熏黑的小铜鼓被他擦得铮亮，这时他指着那面鼓面是太阳图纹的小铜鼓说道："你们过来看！"在火把的照耀下，小铜鼓鼓面的太阳图纹变成了一座仿若飘荡在天空之上的山峰图纹。

"这是怎么回事？"布的妮几乎不敢相信自己的眼睛，这鼓面的图纹在这番离奇的操作下竟然会发生变化。

陆孟笑了笑说："我也是想了好久才想明白其中的原因。"

"是什么？"布的妮接着追问。

陆孟看了一下章空青幽幽地说道："在水下的雷神庙里我们得到启示，这青铜双面小鼓应为一对。本来母鼓就在水下的雷神庙的石壁里，但是母鼓被人拿走了，石壁被重新封上后，拿走母鼓的人重新刻了一首诗词在石壁上，就是想告诉后人，除了隐藏的秘密是《药王残卷》，还有另一层意思，拿走母鼓的人是药王。可是药王明明知道我们这一路是为了寻找青铜双面小鼓而来，为什么却一字未提。这说明了一个问题，虽然药王得到青铜双面小鼓中的母鼓，但是他遇到了解不开的问题。"

"你是怎么想到打开铜鼓机关的方法的？"徐爷又问道。

"阿妮说过，老族长一直在说只有新任族长才能解开所有的秘密。我就纳闷了，你说一个小丫头，不能文，不能武的，她凭什么能解开所有的秘密？如果说祭祀舞只是其中一环，但是这舞几乎是所有的壮族师公都会跳，此外这小丫头还会什么呢？"

"我不是小丫头！"听到陆孟如此说她，布的妮有些恼了。

陆孟没有理会她，自顾自地说了下去："通过之前的事，我觉得这会不会跟她身上的血有关？想明白这层，后面的事情就简单了。阿妮，你阿爹是不是从小就给你喝药，还用药水泡身体？"

布的妮点了点头说："阿爹说我身子弱，需要长期喝药。"

"那就对了，这药方是老族长开的吧？"

"是，每次都是老族长送药来的！"

"那没错了！这药方中就藏着与你血液有关的秘密。"

"什么秘密？"

"你有没有想过，因为你从小被药物润养，血液中各种物质的成分含量与一般人不大一样，所以才可以招来那么多的虫子，而它们就是打开铜鼓机关的关键。药王因不忍心让虫子的毒液腐蚀这圣鼓？所以他这一辈子都没办法打开铜鼓的机关。"

这番话听得众人一阵唏嘘。

"好了，现在可以说说这铜鼓上面显示出来的纹路是什么意思了吧？"徐爷说道。

陆孟低下头静静地看着手中的两面小铜鼓，沉默了半晌才说道："你只要将这鼓面上的图纹拓下来拼在一起就知道了。"

听到这里徐爷急忙朝阮娘喊道："快，拿纸过来！"

铜鼓上的图纹很快就被拓了下来，陆孟将两幅拓片图重叠在一起，对着火把举了起来。布的妮看到光影中透出的画面脱口喊道："这是固雄山！"

陆孟点了点头说："之前我们都猜错了，宝藏埋藏的地点不在敢壮山，而是在巴马的固雄山。我们都被那千百年来流传下来的歌谣误导了。"

"固雄山，传说，我终于明白那个传说是怎么回事了，只要找到那棵树就行了！"徐爷双眼放光，整个人都兴奋起来。

陆孟的脸色却渐渐沉了下来说道："现在该说的都说了，你该把我们放了吧，留着我们也没用了。"

徐爷看着陆孟几个却笑开了说道："这一路走来，怎么能少得了你们。这都到了最后的关头，也不差这一段了。折腾了一夜，今天原地休整，明天出发固雄山。"

固雄山，山腰盘旋的那曲折险峻的泥泞小道，如同一缕飘带在浓茂绿涛中若隐若现，幽深的山坳间，弥漫着氤氲山气，如同一幅轻纱帷幔，在这天地间绘出一幅人间山水画卷。

然而，这一天山下却来了一列浩浩荡荡的车队。陆孟几个依然坐在他们的小货车上，车厢里拉的还是布朗·特尔那些设备。徐爷与阮娘坐在吉普车上，却是一副心事重重的模样，那双灵动的眸子没了神采，阮娘有几次欲言又止，最终只是长叹一声看向车窗外。

徐爷招呼其他人在山脚扎营，自己与阮娘径直找到陆孟他们三人："固雄山到了，这可是崇山峻岭，连绵起伏上百里，怎么找，看你们了。"

陆孟望着高耸入云的山峰，心里腾起一股压抑不住的悲凉，看着山涧云雾缭绕，不知不觉间泪已盈眶。他抬头向天，将那泪水忍住，转头再看布的妮，她已是泪流满面。

"两位走吧！"徐爷幽幽地叹了一声催促道。

"走？这茫茫群山怎么走，往哪儿走？"陆孟收住脸上的悲郁反问道。

"唉！我说陆大公子，这要问你啊！"徐爷不恼反笑。

陆孟紧紧地咬住嘴唇，可是他明白，只要他一动，不只是这里的几个人，还有思妙村里的族人，甚至是药王谷都会遭殃。

　　"好了，现在知道接下来的路怎么走了吧？"徐爷的声音依然平静。

　　陆孟抿了抿唇，看着布的妮在她耳边轻声说道："活着，只有好好活着才有机会报仇。"

　　"好！说得不错，为了我们都能好好活着，是吧？"徐爷又是满脸笑容。

　　"阿妮，这故事你也听过的吧？好好想想我们是不是漏了什么？线索肯定就在这个故事里面。"

　　"我想不到！"布的妮摇头说道。

太阳、月亮、蝴蝶与花朵是他们守望的灵魂，忠诚与大义是他们永恒遵守的约定。宝物重见天日，守护仍在继续……

尾 声

陆孟伸手将布的妮拉了过来，在她耳边轻轻地把徐爷说的传说故事又重新说了一遍。

"这个故事跟你听到的可有什么不同的地方吗？"陆孟又问道。

这回布的妮瞪大了眼睛说："有个地方不对，老族长跟我说老妇人做梦的时候，那山猪神跟她说，到山上找一棵散发着香味、古老的大树，把自己和大树绑在一起。"

陆孟轻叹道："有香味的、古老的大树，阿妮，这下你也应该想到了吧？"

"可是在大山里想找这样一棵大树也不容易啊！"布的妮摇头说道。

"那就要靠青铜双面小铜的拓片图了。"陆孟转向一旁两眼放光的徐爷问道："徐爷，拓片图呢？"

徐爷把随身带的拓片图递给陆孟："上面还有

什么?"

陆孟拿着拓片图对着天空,跟固雄山一点点地对比:"斗转星移,世间的事很多都可以变,但是大山却难移。"陆孟嘴里说着,手指却指着固雄山山巅说道:"拓片图上少了这一块。"

果然细看之下,在固雄山山巅有一块凸出的山崖,在拓图上却消失了。

"这老祖宗可真是妙啊,别人画图都是直接把藏宝地点画出来,他倒好,直接抹掉。若不是有你们两位在,我们怎么能想到?"面对老祖宗的智慧,徐爷感到深深地被折服。

有了坐标,所有的事情变得简单起来。在那处山崖上果然有一棵散发着香味的千年老樟树。只见那树高百丈,枝繁叶茂,盘根错节,一条条碗口般大小的树根蜿蜒伸延,紧紧地吸附在巨大石崖之上荫庇八方。

"散发香味的树!老祖宗可真会选地方。"看到这一幕布的妮动容轻叹。

接下来寻找的事自然有人做,陆孟只是安安静静地站在不远的地方冷冷地盯着徐爷这群人。然而,他们没有注意到的是布朗·特尔也跟陆孟一样,坐在不远处的石头上看着徐爷带来的人忙活。

约摸过了一个小时后,听到人群中发出一声高呼:"找到了!"众人转头看去,只见一名黑衣羽人手里举着一只黑乎乎盒子状的东西。

"快拿过来!"徐爷急忙喊道。

那名黑衣羽人正要将盒子拿过去,一直坐着的布朗·特尔突然站了起来,不知道从哪里掏出一把手枪冲着徐爷他们就是一阵乱扫。与此同时,他们的四周竟不知道从哪里冒出一群带着手枪的兵匪,也朝着人群一阵扫射。顿时哀号四起,血腥四溅,香樟树下顿时变成一片红色血海。

"陆孟!"哀号声中传来徐爷一声绝望的叫喊,随着喊声,一只沾满鲜血的盒子向他飞来。就在陆孟伸手接住那只盒子的同时,无数把手枪也瞄准了他,就在这一刻,布的妮突然冲过来,用身体替陆孟挡下了所有的攻击,顺势把他推下山崖。

"不要!"就在这一刻,陆孟听到了自己心碎的声音。

水,潺潺而流,冰冷、刺骨!陆孟吃力地睁开眼睛,发现自己被水流冲到了浅滩之上,身上的血污已被水冲干净,皮肤却泡得苍白。那只盒子就落在他不远的地方,想起先前一幕他只觉得头痛欲裂。

陆孟吃力地爬起来,捡起块石头把那盒子砸开,里面果然是一卷包裹得严严实实的竹简,打开竹简,上面用小篆工整地写着《药王残卷》……

"陆孟……布朗·特尔要把我们的国宝带走,我是岛主的人,相信我……"徐爷临终遗言恍若在耳。

"陆孟,固雄山下就是燕洞河,河里的水好清、好甜,那里才是养育我长大的地方……"布的妮那清脆的声音又在耳边响起,这是她在固雄山脚下对他说的话,却成了遗言。

"我知道了,燕洞河才是你的家,现在,你回家了……"陆孟对天长啸,已是泪流满面……

番 外

时间流逝,一年后,药王谷里多了一位小陆神医。谷内更是长满了奇花异草,一年四季百花不断。这些奇花异草在小陆神医的调制下,制成了百香丸,人服用百香丸后不仅身轻如燕,而且延年益寿。传闻这小陆神医还有让人起死回生的本事,还有小道消息说,这小陆神医的医术来自一卷医书残本,叫作《药王残卷》,因此来药王谷看病的人当中总有那么几个是冲着《药王残卷》而来的人。

"空青!你又跑哪去了?药糊了!"蓝水竹的声音从谷内木阁楼里传来,而在木阁楼的后面,蓝水木与章空青两人正抬着一丛开得正艳的粉色杜鹃花往小山坡向阳的一块平地挪去。

"药还没放进锅呢,哪来的煳底了?"章空青气喘吁吁地问道。

听到章空青声音里呼吸急促,蓝水竹从阁楼的栏杆上伸出头来往下看了看,看到两人抬着的那一大丛杜鹃花,顿时傻眼了,说道:"小陆神医只是让你们去看看这杜鹃花开没有,你俩倒好,直接给扛回来了。"

"陆孟这浑小子整天也不知道去哪了,他不就是想把这花移过来吗?今天我们就帮他办了。"蓝水木说道。

"你说这事都过去一年了,陆孟真的放得下布的妮吗?"章空青接着问道。

"要是能放下,这小陆公子就不会整天神鬼没的,去哪里都不说,想找也找不到 。"蓝水木叹声说道。

"你说他为什么要让我们把《药王残卷》在药王谷的消息放出去?"章空青问道。

蓝水竹不再理会这两个人,转过身看了看身后紧闭的房间门,轻轻地叹了口气喃喃道:"你这是去哪里了?"

此时的陆孟已经出现在茫茫的大海上,戴着黑色雕花面具的他正倚在邮轮的船舷上,身上那套白色西装在太阳下异常耀眼,然而,他那双眼睛却紧紧地盯着上下起伏的海面。没过一会儿,海面上浮起一个"水鬼"。陆孟一弹而起,迅速把"水鬼"拉了上来,嘴里同时问道:"赵师傅,怎么样?是这个位置吗?"

"水鬼"脱掉身上的潜水装备,这才开口说道:"没错,就是在这里。"

"布朗·特尔这个家伙!"陆孟冲着海面狠狠地骂了一句。

"小陆爷,你既然知道他在走私文物,为什么不报警署?"

"他有领事馆保护,我们动不了他。"

"所以你才在这里拦他的船?"

陆孟点了点头说："他想把在中国搜刮到的珍宝藏在船底带出去，我就给他来个'狸猫换太子'。"

"小陆爷，不得不说你这招真神了！我已经在水底把货换好了，可是那些真品怎么办？不能就这样放在海底泡着吧？"

"先想办法把这些东西运回药王谷。"

"对了，小陆爷，你明明出海了，为什么还要放风出来说你跟《药王残卷》都在药王谷？"

"布朗·特尔不会对《药王残卷》死心，我要让他给阿妮以死谢罪！"想起固雄山上那一幕，陆孟的心依然在滴血，他要为死去的人报仇。

一年前，陆孟从固雄山上滚下，是燕洞河救了他，是燕洞的村民救了他，他在药王谷里休养了半年才慢慢缓过来。在这半年的时间里，他把《药王残卷》细细研读了一遍，发现这里面记载的竟是各种奇花异草的种植方法以及用途。中医以草木为本，这书记载的就是中医药的根源，这时候陆孟才明白为什么老祖宗说它是生命之源。

"消息放出去也有一段时间了，看来这外国人也该收到消息了。"

"小陆爷，接下来你要怎么办？"

"赵师傅，这里就交给你和阮娘了，我先回去。"

赵师傅用力地点了点头。

赵师傅是阮娘的手下，徐爷死后，逃过一劫的阮娘回到凤缘楼，接管了所有的事务。随后，她打听到布朗·特尔要把之前在中国搜刮到的珍宝偷运出国，便找到陆孟，想出了一招"狸猫换太子"的戏码，他们找来一批赝品，让人潜到船底下直接把真品替换出来。现在这活已经干得差不多了，陆孟要回到药王谷等鱼上钩了。

看到陆孟回来，蓝水竹终于松了口气。从固雄山回来后，蓝水竹和哥哥蓝水木跟着章空青一起回到药王谷。陆孟瞒着谷里的人跑出去，还让蓝水竹帮着打掩护，这些天蓝水竹几乎是把自己能想到的各种措辞都用完了，除了瞒过了蓝水木和章空青及那些来帮干活的乡亲们，药王夫妇她倒是没瞒住，好在这老两口现在是不问世事，倒也没理会他们。

没想到陆孟一回来，立刻把谷中所有的人遣散，只留下蓝家兄妹和章空青。这几个人等所有的人走完后，陆孟搬来桌椅在小院子里喝起茶来。

入夜，明月当空！

夜里山雾浓厚，夜色下的花丛也蒙上层层轻烟，置身其中恍若仙境。陆孟在小院里挂上灯笼。

"陆孟，这外国人真会来？"

"别急，我们就慢慢等，今天等不到就明天，明天等不到就后天，总会等到他来的。"

"万一他放弃了寻找《药王残卷》呢？"

"不会的。"

"为什么？"

"因为《药王残卷》里记载着延年益寿，不老之方。"

"这消息也是你放出去的？"

"要不然呢？"

接下来，四个人不再说话，一年前的血案依然深深地刻在这几个人的心里。

夜渐深，雾渐浓，午夜的山风在几个人头顶盘旋划过，月亮渐渐隐在云层之后，天地间除了那摇曳的烛火，再也看不到光亮。此时，养在木楼前的狗却狂叫起来。这声音让这四个人立刻提高警惕，难道这外国人真的来了吗？

果然，山谷中出现一串星星点点的光。陆孟知道，那是手电筒的光。

"他果然来了！"陆孟轻轻地说了一句，带着释然也带着沉重。

"现在启动机关？"蓝水木低声问道。

"不，等他们走近些，这只老狐狸，他既然敢深夜进山，说明他们也是早有准备。"

陆孟四人重新煮起茶水，围起小桌慢慢地喝着。

"陆孟兄弟！好久不见了！"随着一束电筒光的到来，那个带着国外口音熟悉的声音也出现了。

听到这个声音，陆孟心中的怒火立刻冒了出来。可是他不得不压抑住心中的愤怒，布朗·特尔带来的人就在这三言两语间迅速把他们包围了。

"没想到你真敢来！"陆孟冷声说道。

"陆孟兄弟，之前我们只是有点误会。现在，我不是来了吗？有什么不明白的，我们坐下来一起讲清楚。"布朗·特尔觍着脸说道。

陆孟也跟着嘴角微微一扯，冷冷一哼："血海深仇哪能一句轻描淡写的话就能说通？你要是能让一年前死去的人复活，那我们什么都可以说明白。"

布朗·特尔听到这话顿时变脸，说道："不要以为我不知道你在这里设了圈套，就你们这几个人，我可以先杀了你们，东西我再慢慢找！"

陆孟一听便笑了，笑得几乎连眼泪都流了出来："杀了我们，只怕你什么也找不到。我既然敢在这里等你，就没打算活着。"

这时蓝水竹可能是因为受到惊吓，竟失手把茶杯中的水倒进桌上煮茶的小炭炉里，火红的炭遇上水顿时冒出一股浓烟。布朗·特尔脸色突变，回头大喊："屏住呼吸，快！"

陆孟微微一笑，随手一丢，又是几枚药丸落入火盆之中。烟，更浓了，还带着淡淡的药香。这一年，他专心研究黄茅瘴，并且把它的毒源弄得一清二楚，再经过不断地调试，终于把这黄茅瘴丸做了出来。这黄茅瘴遇火即燃，释放出来的毒烟足以让一群人昏迷不醒。这四个人早已提前将清瘴丸塞进鼻孔，这也不过是减轻点毒害而已，他们这是打算拉着布朗·特尔同归于尽了。

"开枪！"布朗·特尔在晕眩间狂喊，他要在自己倒下前先把眼前这几个人杀了。

说时迟，那时快，小院四周响起了阵阵敲锣声，让在晕眩当中的人脑子瞬间有了几分清醒。没想到布朗·特尔带来的都是些亡命之徒，稍微清醒便朝着院中的四个人就是一顿猛扫，他们要血洗药王谷。

然而，就在这时，院子中间的茶桌连同站在边上的人"轰"一下全陷到地下去，眼前这四个人瞬间失去了踪影。布朗·特尔没想到这桌子还是个机关，没等他再发出号令，包围着他们的村民从后面冲了上来，这些人手中的枪还没来得及开便被村民们抢夺过去了。

没有了枪，这些人不再狂傲，被药王谷的村民团团围在当场。这时，陆孟领着章空青他们从房子里面走了出来，于是大家才明白，这院子里早就挖好了暗道。

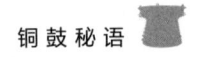

陆孟看到一个小老头领着村民们笑眯眯地站在自己面前，来救自己的竟然是岛主，"哟，你这是瞒着我们干大事呢，就这样把我们撇下来了。"看到陆孟出来，岛主的笑容更甜了。

"岛主，哪敢，这不是怕你们担心吗？"陆孟讪讪笑道。

"哎哟喂，还有你小子不敢的事，你把我的人全都遣走了，这又是什么意思？"岛主依然缠着陆孟不依不饶。

遇上这样一个人，陆孟也只有投降的份了。

"你打算把这些人怎么办？"岛主继续问道。

看着蹲在地上摇摇晃晃的布朗·特尔，陆孟恨不得一枪把他毙了，好为布的妮报仇。沉默许久，他才对岛主说道："你带他去警署吧，他欠中国人的，一定会让他还的。"说完，他头也不回地往木楼后面的小山坡走去。

那里，一整片一整片的粉色杜鹃花开得正浓，夜雾在它们花瓣上缀上滴滴晶莹的露珠。他知道，布的妮就在这里，她腰间挂着青铜双面小鼓，在天地之间，在这繁花锦簇的地方，跳起了她最爱的天琴舞……